Die unter dem Titel ›Einsam in der Fremde‹ versammelten Erzählungen Rilkes, alle vier vor seinem großen ›Prosa-Buch‹ *Die Aufzeichnungen des Malte Laurids Brigge* entstanden, sind Geschichten von Außenseitern, von Menschen, die ihrer Umwelt als ›Fremde‹ erscheinen. Sie wählen alle statt der verfehlten, nur oberflächlichen Gemeinschaft mit anderen, auch mit Familienangehörigen oder Schulkameraden, statt Unterordnung oder Anpassung die Einsamkeit, weil allein sie ihnen die Möglichkeit zu Unabhängigkeit und Freiheit gewährt.

Wie Rilkes gesamtes dichterisches Werk sind auch diese autobiographisch grundierten Erzählungen aus seiner Frühzeit Zeugnisse des unversöhnlichen Widerspruchs gegen jede Form von Vereinnahmung des Einzelnen durch die Gesellschaft, sei es durch Gewalt, sei es durch Verführung. Es sind Bekenntnisse zur Autonomie des Individuums, zum Recht, sich jenseits von Konformität ganz von seinem ursprünglichen Selbst leiten zu lassen.

Rainer Maria Rilke, geboren am 4. Dezember 1875 in Prag, starb am 29. Dezember 1926 in Val-Mont (Schweiz).

insel taschenbuch 2692

Rainer Maria Rilke

Einsam in der Fremde

Rainer Maria Rilke
Einsam in der Fremde

Erzählungen

Mit einem Nachwort
von August Stahl

Insel Verlag

Einmalige Sonderausgabe
insel taschenbuch 2692
Erste Auflage 2000

Vertrieb durch den Suhrkamp Taschenbuch Verlag
Satz: MZ-Verlagsdruckerei GmbH, Memmingen
Druck: Clausen & Bosse, Leck
Printed in Germany

1 2 3 4 5 6 – 05 04 03 02 01 00

‹Ewald Tragy›

I

Ewald Tragy geht neben seinem Vater am ›Graben‹. Man muß wissen, daß es Sonntagmittag ist und Korso. Die Kleider verraten die Jahreszeit: so Anfang September, abgetragener, mühseliger Sommer. Für manche Toiletten war es nichteinmal der erste. Zum Beispiel für die modegrüne der Frau von Ronay und dann für die von Frau Wanka, blau Foulard; wenn die ein wenig überarbeitet und aufgefrischt wird, denkt der junge Tragy, hält sie gewiß noch ein Jahr aus. Dann kommt ein junges Mädchen und lächelt. Sie trägt blaßrosa Crêpe de Chine, – aber geputzte Handschuhe. Die Herren hinter ihr schwimmen alle durch lauter Benzin. Und Tragy verachtet sie. Er verachtet überhaupt alle diese Leute. Aber er grüßt sehr höflich mit etwas altmodisch betonter Artigkeit.

Nur wenn sein Vater dankt oder grüßt – allerdings. Er hat keine Bekannten für sich. Umso öfter muß er den Hut mitabnehmen; denn sein Vater ist vornehm, geachtet, eine sogenannte Persönlichkeit. Er sieht sehr aristokratisch aus, und junge Offiziere und Beamte sind fast stolz, wenn sie ihn begrüßen dürfen. Der alte Herr sagt dann mitten aus einer langen Schweigsamkeit heraus: »Ja« und dankt großmütig. Dieses laute ›Ja‹ hat den Irrtum verbreiten helfen, daß der Herr Inspektor mit seinem Sohn mitten im Durcheinander des Sonntagskorso tiefe und bedeutsame Gespräche hätte und daß eine seltene Übereinstimmung zwischen den beiden bestünde. Mit den Gesprächen aber ist es so:

»Ja«, sagt Herr von Tragy und belohnt damit gleichsam die ideale Frage, welche in einem ergebenen Gruß sich ausprägt und etwa lautet: ›Bin ich nicht artig?‹ »Ja«, sagt der Herr Inspektor, und das ist wie eine Absolution.

Manchmal nimmt Tragy, der Sohn, dieses ›Ja‹ wirklich fest und hängt rasch die Frage daran: »Wer war das, Papa?« Und dann steht das arme ›Ja‹ mit der Frage dahinter, wie eine Lokomotive mit vier Waggons auf falschem Geleise, und kann nicht vor und nicht zurück.

Herr von Tragy, der Ältere, sieht sich um nach dem letzten Gruß, hat gar keine Ahnung, wer das gewesen sein könnte, denkt aber doch drei Schritte lang nach und sagt dann zum Erbarmen hilflos: »Jaaa?«.

Gelegentlich fügt er hinzu: »Dein Hut ist wirklich ganz staubig«.

»So«, meint der junge Mensch, gottergeben.

Und sie sind beide einen Augenblick traurig.

Nach zehn Schritten ist die Vorstellung des staubigen Hutes in den Gedanken von Vater und Sohn abnorm gewachsen.

›Alle Leute schauen her, es ist ein Skandal‹, denkt der Ältere, und der junge Mensch strengt sich an, sich zu erinnern, wie denn der unglückselige Hut etwa aussieht und wo der Staub sitzen mag. An der Krempe, fällt ihm ein, und er denkt: ›Man kann ja nie dazu. Es müßte eine Bürste erfunden werden ...‹

Da sieht er seinen Hut körperhaft vor sich. Er ist entsetzt: Herr von Tragy hat ihm den Hut einfach vom Kopf gehoben und knipst aufmerksam mit den rotbehandschuhten Fingern drüber hin. Ewald sieht eine Weile barhaupt zu. Dann reißt er mit einem empörten Griff das schmachvolle Ding aus den behutsamen Händen des alten Herrn und stülpt den Filz wild und ungestüm über. Als ob seine Haare in Flammen stünden: »Aber Papa« – und er will noch sagen:

›Ich bin achtzehn Jahre alt geworden, – dazu also. Daß du mir hier den Hut vom Kopf nimmst, – am Sonntag, Mittag unter allen Leuten.‹

Aber er bringt nicht ein Wort heraus und würgt etwas. Gedemütigt ist er, klein, wie in ausgewachsenen Kleidern.

Und der Herr Inspektor geht aufeinmal fern drüben am anderen Rande des Bürgersteigs, steif und feierlich. Er kennt keinen Sohn. Und der ganze Sonntag flutet zwischen ihnen. Allein es ist nicht einer in der Menge, der nicht wüßte, daß die beiden zusammengehören, und jeder bedauert den rücksichtslosen und brutalen Zufall, der sie so weit voneinanderschob. Man weicht einander voll Teilnahme und Verständnis aus und ist erst befriedigt, als man den Vater und den Sohn wieder nebeneinander sieht. Man konstatiert gelegentlich eine gewisse zunehmende Ähnlichkeit im Gang und in den Gesten der beiden und freut sich darüber. Früher war der junge Mensch nämlich außerhalb des Hauses, man sagt, in der Militärerziehung. Von dort kam er eines Tages – wer weiß weshalb – sehr entfremdet zurück. Jetzt aber: »Bitte, sehen Sie«, sagt ein gutmütiger alter Herr, der von dem Inspektor eben ein ›Ja‹ geschenkt bekommen hat, »er trägt schon den Kopf ein wenig nach links – wie der Vater –«, und der alte Herr strahlt vor Vergnügen über diese Entdeckung.

Auch ältere Damen nehmen Interesse an dem jungen Herrn. Sie legen ihn im Vorübergehn eine Weile auf ihre breiten Blicke, wägen ihn ab; sie urteilen: Sein Vater war ein schöner Mann. Er ist es noch. Das wird Ewald nicht. Nein. Weiß Gott wem er ähnlich sieht. Vielleicht seiner Mutter – (wo die übrigens stecken mag). Aber er hat Gestalt, wenn er ein guter Tänzer wird... und die ältere Dame sagt zu der Tochter in Rosa: »Hast du Herrn Tragy auch freundlich gedankt, Elly?«

Aber eigentlich ist das alles überflüssig, – die Freude des alten Herrn und die kluge Fürsorge von Ellys Mutter. Denn als die Männer von dem Korso in die leere enge Herrengasse einbiegen, atmet der junge auf:

»Der letzte Sonntag.«

Er hat ziemlich laut Atem geholt. Trotzdem hat der alte Herr nicht vor, etwas zu antworten. ›Diese Schweigsamkeit‹, denkt Ewald. Wie eine Zelle für Tobsüchtige ist sie, taub und so unerbittlich gepolstert auf allen Seiten.

So gehen sie bis zum Deutschen Theater.

Dort fragt Tragy, der Vater, unvermittelt: »Was?«

Und Tragy, der Sohn, wiederholt geduldig: »Der letzte Sonntag.«

»Ja«, entgegnet der Inspektor kurz, »wem nicht zu raten ist...« Pause. Dann fügt er an: »Geh dir nur die Flügel verbrennen, du wirst schon sehn, was das heißt, sich auf die eigenen Füße stellen. Gut, mach deine Erfahrungen. Ich hab nichts dagegen.«

»Aber Papa«, sagt der junge Mensch etwas heftig, »ich glaube, wir haben doch das alles schon oft genug besprochen.«

»Aber ich weiß immer noch nicht, was du eigentlich willst. Man geht doch nicht so fort, ins Blaue hinein. Sag mir nur mal, was wirst du denn in München tun?«

»Arbeiten –«, hat Ewald rasch bereit.

»Sooo – als ob du hier nicht arbeiten könntest!«

»Hier«, und der junge Herr lächelt überlegen.

Herr von Tragy bleibt ganz ruhig: »Was fehlt dir denn hier? Du hast dein Zimmer, dein Essen, alle wollen dir wohl. Und schließlich man ist bekannt hier, und wenn du die Leute richtig behandelst, stehen dir die ersten Häuser offen –«

»Immer die Leute, die Leute«, fährt der Sohn in demselben spöttischen Ton fort, »als ob das Alles wäre. Ich kümmer mich den Teufel um die Leute –« (bei dieser stolzen Phrase fällt ihm die Geschichte mit dem Hut ein, und er fühlt, daß er lügt), deshalb betont er nochmals: »sollen mich gern haben – die Leute. Was sind sie denn, bitte? Menschen – vielleicht?«

Jetzt ist es an dem alten Herrn, zu lächeln, so ganz eigentümlich lächelt es irgendwo in seinem feinen Gesicht, man kann nicht sagen, ob es um seine Lippen unter dem weißen Schnurrbart oder bei den Augen war.

Es ist auch gleich wieder vorbei. Aber der Achtzehnjährige kann es nicht vergessen; er schämt sich und stellt lauter große Worte vor seine Scham. »Überhaupt«, sagt er endlich und macht einen ungeduldigen Schnörkel mit der Hand durch die Luft, »du scheinst nur zwei Dinge zu kennen, die Leute und das Geld. Um die dreht sich Alles bei dir. Man liegt vor den Leuten auf dem Bauch, das ist der Weg. Und man kriecht auf dem Bauch zum Geld, das ist das Ziel. Nicht?«

»Du wirst beides noch brauchen, mein Kind«, sagt der alte Herr geduldig, »und man muß nicht zum Geld kriechen, wenn mans nur immer hat.«

»Und wenn mans auch nicht hat, dann –«, der junge Tragy zögert ein wenig.

»Dann?« fragt der Vater und wartet.

»Ooh«, macht der andere sorglos und winkt ab. Es scheint ihm gut, einen neuen Satz zu beginnen. Aber der alte Herr beharrt: »dann« – beendet er rücksichtslos – »wird man ein Lump und macht dem guten, ehrlichen Namen Schande.«

»O ihr habt Begriffe –«, der junge Herr tut ganz entrüstet.

»Wir sind eben nicht von heute«, sagt der alte Herr, »basta.«

»Das ist es ja gerade –«, triumphiert Tragy, der Sohn, »von irgendwann, von anno olim seid ihr, verstaubt, vertrocknet, überhaupt –«

»Schrei nicht«, kommandiert der Inspektor, und man merkt ihm den alten Offizier an.

»Ich habe doch wohl das Recht.«

»Ruhig!«

»Ich darf reden –«

»Red du –«, wirft Herr von Tragy verächtlich hin. Wie ein Schlag ins Gesicht ist dieses kurze: ›Red du!‹ Und dann geht der Vater Tragy steif und feierlich hinüber auf die andere Seite der Straße. Weil die Straße ganz leer ist, kommen die beiden nicht sobald wieder zusammen, und es ist, als würde die heiße sonnige Fahrbahn immer breiter zwischen ihnen. Sie sehen einander gar nicht mehr ähnlich. Der alte Herr wird immer tadelloser in Gang und Haltung, und seine Stiefel schleudern Glanzlichter vor sich her. Der drüben verändert sich auch. Alles an ihm kräuselt und sträubt sich wie verkohlendes Papier.

Sein Anzug hat aufeinmal eine Menge Falten, seine Krawatte schwillt an, und seinem Hut scheint die Krempe zu wachsen. Den knappen Modeüberzieher hat er wie einen Wettermantel gepackt und trägt ihn gegen irgend einen Sturm. Seine Schritte kämpfen. Er ist wie ein altes Bild mit der lithographierten Unterschrift: ›1848‹ oder: ›*Der Revolutionär*‹.

Gleichwohl sieht er vorsichtig von Zeit zu Zeit hinüber. Es hat etwas Beunruhigendes für ihn, den alten Mann so ganz verlassen auf dem endlos öden Bürgersteig zu sehen. Wie allein er ist, denkt er –, und: wenn ihm etwas geschieht...

Seine Augen lassen den Vater nichtmehr los, begleiten ihn und werden fast wund vor Anstrengung.

Endlich stehen die beiden Menschen vor demselben Haus. Als sie in den Flur treten, bittet Ewald: »Papa!« Er ist eine Weile verwirrt und überstürzt sich dann: »Den Kragen mußt du aufschlagen, Papa – es ist immer so kalt jetzt im Treppenhaus.«

Seine Stimme ist zaghaft und fragt zum Schluß, obwohl das doch gar keine Frage ist.

Und der Vater antwortet auch nicht, er befiehlt: »Richt dir deine Krawatte.«

»Ja«, bestätigt Ewald pedantisch und richtet die Krawatte.

Dann steigen sie hinauf, bedächtig, wie es sich gehört vom hygienischen Standpunkt aus.

Eine Treppe rechts wohnt Frau von Wallbach, genannt Tante Karoline, und bei ihr speist an jedem Sonntag die Familie – Stunde halb zwei.

Die Herren Tragy, Vater und Sohn, sind pünktlich.

Trotzdem ist Alles schon da. Denn das Wort ›pünktlich‹ läßt sich steigern, wie man weiß.

Ewald zögert einen Augenblick im Vorzimmer vor dem Spiegel. Er setzt das Gesicht ›der letzte Sonntag‹ auf und tritt so hinter dem Vater in den gelben Salon.

»Ah –«

Die Gesellschaft ist maßlos erstaunt, einer immer über das Erstaunen des anderen. Der Eintritt der beiden Tragys wird so auf billige Weise Ereignis. Man muß eben verstehen, sich das Leben reich zu machen – irgendwie. Große Begrüßung. Die Übung eines Setzers gehört dazu, aus diesen verschiedenen Schoßen die richtigen Hände zu holen und sie ohne Druckfehler loszulassen. Ewald leistet heute mit dem Gesicht ›der letzte Sonntag‹ Großartiges. Während der alte Herr erst bei seiner Schwester Johanna angekommen ist, hat der Jüngling drei Tanten, vier Kusinen, den kleinen Egon und ›das Fräulein‹ überwältigt, ohne daß man die geringste Müdigkeit an ihm bemerkt.

Endlich ist auch Herr von Tragy, der Ältere, am Ziel, und nun sitzt man einander gegenüber und hungert sich an. Die vier Kusinen finden allerdings, man müsse etwas reden. Sie versuchen auch da und dort an ein Ding – zum Beispiel an das Barometer, an die Azaleen, die im Fenster stehen, an die Kupferdruckprämie über dem Kanapee ein Wort zu heften. Aber alle diese Gegenstände sind von unglaublicher Glätte, und die Worte fallen von ihnen wie satte Blutegel. Ein Schweigen bricht herein. Es legt sich um Alle wie lange, lange Fäden gebleichten Garnes. Und die Älteste der Familie, die verwitwete Majorin Eleonore Richter, regt ihre harten Finger sachte im Schoße, als wickelte sie die endlose Langeweile sorgsam zu einem Knäuel auf. Man sieht: sie stammt noch aus jener trefflichen Zeit, da die Frauen nicht müßig sein konnten.

Doch auch das Geschlecht, welches die verwitwete Majorin ›jung‹ nennt, erweist sich in diesem Augenblick nicht als träge. Die vier Fräulein sagen fast gleichzeitig: »Lora?«

Hinter diesem Wohlklang lächeln Alle wie beschenkt. Und Tante Karoline, die Hausfrau, eröffnet die Diskussion: »Wie macht der Hund?«

»Wau, Wau« – bellen die vier Fräulein.

Und der kleine Egon kommt aus irgend einem Winkel gekrochen und beteiligt sich lebhaft an dem Gespräche.

Aber die Hausfrau glaubt dieses Thema erschöpft und schlägt vor: »und die Katze?«

Und nun ist man allgemein beschäftigt zu miauen, zu krähen, zu meckern und zu brüllen, je nach Verdienst und Neigung. Es ist schwer zu sagen, wer das tiefste Talent bewies, denn über diesem Gewühle von rollenden und kreischenden und gleitenden Lauten bleibt nur das gackernde Organ der verwitweten Majorin, und sie wird ordentlich jung dabei.

»Die Tante gackert«, sagt jemand ehrfurchtsvoll.

Doch man hält sich nicht lange dabei auf. Man ist hingerissen von der Fülle der Möglichkeiten, macht immer kühnere Versuche, gibt immer mehr Eigenes in den seltsam stilisierten Klangsilben. Und es ist rührend, zu erwähnen, daß bei allem Individualisieren doch eine feine Familienähnlichkeit in den Stimmen blieb, der gemeinsame Grundton der Herzen, auf dem allein echte, sorglose Fröhlichkeit entstehen kann.

Plötzlich beginnt ein graugrüner Sittich hinter seinen gelben Gitterstäben sich zu rühren und, man kann sagen, es ist eine gewisse, vornehme Anerkennung in dem stummen, bedächtigen Neigen seines Kopfes. Alle empfinden es so, werden leiser und lächeln dankbar.

Und der Papagei hat die Miene eines jüdischen Musiklehrers und verneigt sich noch ein paarmal gegen seine Schüler; Tatsache ist: seit Lora Hausgenosse wurde, haben Alle in der Familie eine Anzahl klangvoller Worte, von denen sie sich früher nie träumen ließen, zugelernt und so ihren Sprachschatz bedeutend vermehrt. Bei dem schweigsamen Lob des Vogels kommt dieser Umstand einem jeden zum Bewußtsein und macht ihn stolz und froh. Man geht also in bester Stimmung zu Tisch.

Jeden Sonntag wartet Ewald, bis die dritte der Tanten, Fräulein Auguste, lächelt: »Das Essen ist doch kein leerer Wahn« – worauf jemand in guter Gewohnheit bestätigen muß: »nein, es ist nicht ohne.«

Das kommt gewöhnlich nach dem zweiten Gang. Und Ewald weiß ganz genau, was nach dem dritten kommt, und so fort. Während aufgetragen wird, spricht man wenig, einmal der ›Dienstleute‹ wegen, dann weil das Zwiegespräch mit dem eigenen Teller einen jeden genügend beansprucht. Man verhindert höchstens den kleinen Egon, der nur reden darf, wenn er gefragt wurde, durch eine zärtliche Teilnahme daran, satt zu werden oder auch nur seine Bissen fertigzukauen. So kommt es, daß der Kleine immer zuerst das unbehagliche Gefühl des Übervollseins bekommt und ›das Fräulein‹, das langsam rot wird, zur Vertrauten seiner intimsten Empfindungen macht. Die andern sind lange nicht so diskret. Niemand füllt seinen Teller, ohne leise zu stöhnen, und als das Mädchen mit einer süßen Crême eintritt, seufzen alle laut und schmerzlich auf. Die eisgekühlte Sünde drängt sich an jeden heran, und wer kann widerstehen? Der Herr Inspektor denkt: ›wenn ich nachher Soda nehme ...‹, und Fräulein Auguste wendet sich an die Hausfrau: »Ist Magenbitter zuhaus, Karoline?« Mit schelmischem Lächeln zieht Frau von Wallbach ein kleines Tischchen heran, darauf viele Schachteln und Büchsen neben seltsam geformten Flaschen bereitstehen. Man lächelt, es beginnt nach Apotheke zu riechen, und die Crême kann nocheinmal herumgehen.

Plötzlich geschieht eine unerwartete Störung. Die Älteste steht wie eine Ahnfrau und ruft warnend: »Und du, Ewald?«

Ewalds Teller ist rein.

›Und du?‹ fragen alle Augen, und die Hausfrau denkt: ›wie immer, dieses Absondern von der Familie. Wir sind morgen Alle elend und – er? Schickt sich das?‹

»Danke –«, sagt der junge Mensch kurz und stößt den Teller einwenig fort. Das will heißen: damit ist diese Sache abgetan – bitte.

Allein niemand versteht das. Man ist froh ein Thema zu haben und bemüht sich um weitere Aufklärung.

»Du weißt nicht, was gut ist –«, sagt jemand.

»Danke.«

Dann strecken die vier Kusinen, alle zugleich, ihre Löffelchen her: »Kost mal.«

»Danke –«, wiederholt Ewald und bringt es zustande, vier junge Mädchen zugleich unglücklich zu machen. Die Stimmung wird bang. Bis Tante Auguste zitiert: »Die

Großmutter hat immer gesagt: ›Was man essen ... nein – wie man leiden ...‹«

»Nein«, bessert Tante Karoline aus: »Leiden was man –.«

Aber auch so stimmt es nicht.

Die vier Kusinen sind ratlos.

Herr von Tragy nickt seinem Sohn zu: ›Zeig dich jetzt, imponier ihnen – vorwärts.‹

Tragy, der Jüngere, schweigt. Er weiß: Alle erwarten Hilfe von ihm, und weil der letzte Sonntag ist, entschließt er sich endlich:

»Essen was man mag und leiden was man kann«, wirft er voll Verachtung vor sich hin.

Da sind Alle Bewunderung. Man reicht sich das Wort weiter, betrachtet, erwägt es – nimmt es in den Mund wie zu besserer Verdauung und nützt es so ab, daß es schon wieder ganz dunkel ist, als es zu Ewald, die Tischrunde entlang, zurückkehrt.

Er läßt es im Munde ›des Fräuleins‹, einer bleichsüchtigen Französin, die es als Sprachübung betrachtet und zu dem kleinen Egon geneigt wiederholt: »Was man mack essen ...«

Eine Weile bleibt Ewald der geistige Mittelpunkt der Familie. Man staunt sein bereites Gedächtnis an, bis Tante Karoline geringschätzig die Lippen kräuselt: »Hm – wenn man so jung ist ...«

Freilich, denken die vier Kusinen: ›wenn man so jung ist ...‹

Und sogar auf dem blassen Gesichtchen des kleinen Egon ist diese verächtliche Ahnung: wenn man so jung ist, – so daß der Achtzehnjährige fühlt: Was ist denn nun wieder los? Sie erwarten hier demnächst meine Geburt, wahrscheinlich.

Er ist ohnehin gereizt, und es scheint ihm gelegen, daß Tante Auguste zwischen zwei Bissen die Geschichte ihrer Zähne – Glück und Ende – erzählt; er sagt an der spannendsten Stelle in den weitoffenen Mund der Tante hinein: »Ich denke, bei Tisch ...« und hofft, man wird ihm erwidern: ›Du mußts ja nicht lange mehr mitmachen, du kannst ja gehen, wenn es dir nicht recht ist.‹ Aber Alle bleiben gekränkt und stumm. –

Später, als man mit ›Cantenac‹ verschiedene Hoch ausbringt, denkt der junge Mensch: Jetzt wird doch jemand sein Glas heben: ›Also Ewald ...‹ Doch man trinkt einander zu, der Reihe nach, ohne daß irgendwem einfällt zu beginnen: ›Also Ewald –‹.

Dann entsteht eine lange Pause, und Ewald hat Zeit zu bangen Gedanken; er empfindet plötzlich, wie die Blicke Aller in Gleichgültigkeit oder Bosheit an ihm haften, und müht sich mit scheuen Gesten sie abzustreifen. Aber mit jeder Bewegung verwirrt er nur noch mehr diese unsichtbaren Netze, wird erst heftig, dann hilflos, und denkt beständig im Kreise; denn durch Unmut und Ungeduld kommt er immer wieder bei diesem an: man müßte euch etwas Ungeheures, Unerhörtes sagen, mit einem breiten Wort euch die Augen totschlagen, damit sie loslassen, das müßte man. Aber das bleibt Wunsch; denn er liebt selbst Vieles aus dieser bequemen, armsäligen Alltäglichkeit, in der sie ihn haben aufwachsen lassen, und ist wie das Kind von Dieben, das das Handwerk seiner Eltern verachtet und doch langsam stehlen lernt.

Mitten in seine Sorgen hinein sagt Tante Auguste

harmlos: »Wenn dem jungen Herrn da drüben keines von unseren Gesprächen paßt, sollte er doch wenigstens für eine Unterhaltung nach seinem Geschmack aufkommen. Da würde man ja gleich sehen.... nun, Ewald, du kommst ja wohl viel herum?«

Ewald, der kaum hingehört hat, sieht auf und lächelt traurig: Oh ich....

Er vernimmt auch nur wie von fern, daß die vier Kusinen ihn erinnern: »Du hast vor vier oder fünf Wochen einmal eine Geschichte zu erzählen begonnen –« und er will sich schnell besinnen, wasfür eine Geschichte das gewesen sein mag. Aufmerksam erkundigt er sich: »Was war das doch, bitte?«

Die vier Kusinen denken nach.

Indessen wendet sich die Hausfrau an ihn: »Dichtest du noch? –«

Ewald wird blaß und sagt zu den Kusinen: »Also wißt ihr nicht..?« Und er hört, wie die verwitwete Majorin staunt: »Waaas, er dichtet?« und sie schüttelt den Kopf: »Zu meiner Zeit...«

Aber trotzalledem will er sich seiner Geschichte, die er vor fünf oder sechs Wochen begonnen hat, entsinnen. Er hofft: es wird sich irgendwo anbringen lassen, daß heute der letzte Sonntag ist, und dann kann man aufatmen. Allein plötzlich unterbricht ihn Frau von Wallbach:

»Dichter sind immer zerstreut. Ich denke, wir sind Alle fertig in den Salon zu gehen«, und zu Ewald: »Das mit der Geschichte hat ja wohl Zeit am nächsten Sonntag, nichtwahr?«

Sie lächelt geistreich und erhebt sich. Der junge Mann ist wie ein Verurteilter. Er fühlt: Es wird also immer wieder ein ›nächster‹ Sonntag sein und Alles ist umsonst. »Umsonst«, stöhnt etwas aus ihm.

Allein das hört schon niemand mehr. Man rückt die Stühle, streckt sich, sagt sich mit fetter, zufriedener Stimme, die über vieles Schlucken wie über schlechtes Pflaster rollt, »Mahlzeit« – und zieht sich an den schweißigen Händen in den Salon. Dort ist es wie vorher. Nur sitzt man jetzt weiter voneinander, und das Gefühl der Zusammengehörigkeit ist nichtmehr so lebhaft wie vor Tisch.

Die verwitwete Majorin wandert vor dem Klavier auf und ab und knackt sich die Gichtfinger gerade. Die Hausfrau sagt: »Die Tante spielt Alles nach dem Gehör – es ist staunenswert.«

»Wirklich« – staunt Tante Auguste – »auswendig?«

»Auswendig«, beteuern die vier Kusinen und wenden sich an die Majorin: »bitte, spiel.«

Lange läßt sich die verwitwete Richter bitten, ehe sie großmütig fragt: »Was wollt ihr denn?«

»Mascagni«, träumen die vier Kusinen – denn das ist gerade modern.

»Ja«, sagt Frau Eleonore Richter und probt die Tasten. »Cavalleria?«

»Ja«, sagen einige.

»Ja«, nickt die alte Dame und denkt nach.

»Die Tante spielt Alles nach dem Gehör –«, sagt Tante Auguste, die leise eingeschlafen war, und jemand fügt mit tiefem Atemholen an:

»Ja, es ist staunenswert –«

»Ja –«, zögert die Majorin und probt die Tasten: »es muß mirs einer pfeifen.«

Der Herr Inspektor pfeift: »So such ich den Humor –« – Mikado.

»Richtig« – lächelt die Tante: »Cavalleria«, und lächelt, als ob das ihre ›Jugend‹ wäre.

Sie beginnt also mit ›Mikado‹ und spielt dann, wundersam versöhnt: ›Der Bettelstudent‹ und ›Die Glocken von Corneville‹.

Die andern schlafen darüber dankbar ein, und die Majorin selbst kommt ihnen nach.

Da hält es Ewald nicht länger aus, er muß es aussprechen um jeden Preis, und als ob das die selbstverständliche Folge der ›Glocken von Corneville‹ wäre, sagt er: »Der letzte Sonntag.«

Niemand hat das gehört als Fräulein Jeanne. Sie geht lautlos über den tiefen Teppich und setzt sich dem jungen Mann gegenüber ans Fenster.

Eine Weile betrachten sich die beiden.

Dann fragt die Französin leise: »Est-ce que vous partirez, monsieur?«

»Ja«, gibt ihr Ewald deutsch, »ich reise fort, Fräulein. Ich reise – fort«, wiederholt er gedehnt und freut sich an der Breite seiner Worte. Er spricht eigentlich zum erstenmal mit Jeanne und ist erstaunt. Er fühlt unvermittelt, daß sie nicht einfach ›das Fräulein‹ ist, wie die andern meinen, und denkt: ›Merkwürdig, daß ich das nie erkannt habe. Sie ist eine, vor der man sich neigen muß – eine Fremde.‹ Und obwohl er still und beobachtend bleibt, verneigt sich etwas in ihm vor der Fremden – tief – so übertrieben tief, daß sie lächeln muß. Das ist ein graziöses Lächeln, welches sich mit Barockschnörkel um die feinen Lippen schreibt und nicht bis an die Traurigkeit ihrer schattigen

Augen reicht, die immer wie nach einem Weinen sind. Also irgendwo lächelt man so – erfährt Tragy, der Jüngere.

Und gleich danach hat er das Bedürfnis, ihr etwas Dankbares zu sagen, das ihr Freude machen muß. Ihm ist, als sollte er sie an etwas erinnern, was ihnen gemeinsam war, zum Beispiel sagen: ›Gestern‹ und verständig aussehen dabei. Aber es gibt ja in aller Welt nichts Gemeinschaftliches für sie. Da fragt sie ihn mitten in diese Verwirrung hinein in ihrem filigranen Deutsch:

»Warum? Warum reisen Sie fort?«

Ewald stemmt die Ellbogen auf die Kniee und legt das Kinn in die hohlen Hände.

»Sie sind ja auch fortgegangen von Hause«, antwortet er. Und Jeanne warnt schnell:

»Sie werden Heimweh haben.«

»Ich habe Sehnsucht«, gesteht Ewald, und so reden sie eine Weile aneinander vorbei.

Dann kehren beide um und kommen sich entgegen; denn Jeanne beichtet leise: »Ich habe weg müssen, wir sind acht Geschwister zuhaus, da können Sie sich vorstellen – aber mir ist sehr bang. Freilich, – Alle sind ja gut hier –«, fügt sie ängstlich an – und dann bittet das Mädchen: »Und Sie?«

»Ich?«, der junge Mensch ist zerstreut, »ich? – nein, ich muß nicht fort, weiß Gott, im Gegenteil. Sie sehen ja: ein jeder hier weiß, daß ich den letzten Sonntag hier bin, und tut jemand was dergleichen? Aber trotzdem – Warum lächeln Sie?« unterbricht er sich.

Sie zögert, und dann:

»Sind Sie ein Dichter, bitte?« Ganz rot ist sie und erschrocken wie ein Kind.

»Das ist es eben, Fräulein«, erklärt er – »ich weiß nicht. Und einmal muß man es doch wissen, nicht? So oder so. *Hier* kommt man zu keiner Klarheit darüber. Man kann nicht forttreten von sich, es fehlt die Ruhe, der Raum fehlt, die Perspektive.

Verstehen Sie das, Fräulein?«

»Vielleicht« – nickt die Französin, »aber – – ich meine – Ihr Herr Vater muß doch Freude haben und dann Ihre – – –«

»Meine Mutter, wollen Sie sagen. Hm. Ja, das hat schon so mancher behauptet. Wissen Sie, meine Mutter ist krank. Sie werden ja wohl gehört haben – obwohl man vermeidet, hier ihren Namen zu brauchen. Sie hat meinen Vater verlassen. Sie reist. Sie hat immer nur soviel mit, als sie unterwegs braucht, auch von Liebe – Ich weiß lange nichts von ihr, denn wir schreiben uns seit einem Jahr nichtmehr. Aber gewiß erzählt sie zwischen zwei Stationen im Coupé: ›Mein Sohn ist ein Dichter –‹.«

Pause. –

»Ja, und dann mein Vater. Er ist ein trefflicher Mensch. Ich hab ihn lieb. Er ist so vornehm und hat ein goldechtes Herz. Aber die Leute fragen ihn: ›Was ist Ihr Sohn?‹ Und da schämt er sich und wird verlegen. Was soll man sagen? *Nur* Dichter? Das ist einfach lächerlich. Selbst wenn es möglich wäre – das ist ja kein Stand. Er trägt nichts, man gehört in keine Rangsklasse, hat keine Pensionsberechtigung, kurz: man steht in keinem Zusammenhang mit dem Leben.

Deshalb darf man das nicht unterstützen und zu nichts ›Gut‹ und ›Amen‹ sagen. Begreifen Sie jetzt, daß ich meinem Vater nie etwas zeige – überhaupt niemandem hier;

denn man beurteilt meine Versuche nicht, man haßt sie von vornherein, und man haßt mich in ihnen. Und ich habe selbst soviel Zweifel. Wirklich: ganze Nächte lieg ich mit gefalteten Händen wach und quäle mich: ›Bin ich würdig?‹«

Ewald bleibt traurig und still.

Die anderen sind indessen wach geworden und gehen zwei und zwei in die Nebenzimmer, wo die Whisttische bereit stehen.

Der Inspektor ist guter Laune. Er klopft seinem Sohn leise auf die Schulter: »Na, Alter?«

Und Ewald versucht zu lächeln und küßt ihm die Hand.

Er wird *doch* bleiben, – denkt der Inspektor: das ist vernünftig. Und so geht er den anderen nach.

Der junge Tragy vergißt sofort sein Lächeln und klagt: »Sehen Sie, so hält er mich. So leise, nicht mit Gewalt oder Einfluß, fast nur mit einer Erinnerung, als ob er sagte: ›Du warst einmal klein, und ich habe dir einen Christbaum angezündet jedes Jahr – bedenke –‹ Er macht mich ganz schwach damit. Aus seiner Güte ist kein Ausgang, und hinter seinem Zorn ist ein Abgrund. Zu diesem Sprung hab ich nicht Mut genug.

Ich bin wahrscheinlich überhaupt feige, Sie können mir glauben, feige und unbedeutend. Es wäre mir ganz gut hier zu bleiben, so wie alle es sich denken, brav und bescheiden zu sein und einen und denselben armseligen Tag so hinzuleben immer und immer wieder...«

»Nein«, sagte Jeanne entschieden – »jetzt lügen Sie...«

»Oh ja, vielleicht. Sie müssen nämlich wissen: ich lüge

sehr oft. Je nach Bedürfnis, einmal nach oben, einmal nach unten; in der Mitte sollte *ich* sein, aber manchmal mein ich, es ist gar nichts dazwischen. Ich komme zum Beispiel zu Besuch zu Tante Auguste. Es ist licht, und die urväterliche Wohnstube ist gerade so recht heimlich. Und ich setze mich ohneweiters in den besten Stuhl, lege die Beine übereinander und sage: ›Liebe Tante‹, sag ich ungefähr –, ›ich bin müde, und deshalb werde ich meine staubigen Füße auf dein Kanapee, gerade auf die netten Schutzdecken legen – erlaube.‹ Und damit die gute Tante durch ihre Freude über diesen Scherz mich nicht unnötig aufhält, tue ich also ohneweiters; denn ich habe noch viel zu erzählen, zum Beispiel dieses: ›Das ist ja alles recht schön und gut; ich weiß, es gibt Gesetze und Sitten, und die Menschen pflegen sich mehr oder minder daran zu halten. Aber mich darfst du nicht zu diesen ehrsamen Staatsbürgern zählen, beste Tante. Ich bin mein eigener Gesetzgeber und König, über mir ist niemand, nicht einmal Gott –‹ Ja, Fräulein, so ungefähr sag ich zu meiner Tante, und sie ist rot vor Entrüstung. Sie zittert: ›Es haben schon andere sich fügen gelernt ....‹ ›Mag sein‹, antworte ich gleichgültig. ›Du bist nicht der Erste, und für Leute von diesen Ansichten gibt es Narrenhäuser und Zuchthäuser, Gott sei Dank –‹, meine Tante weint schon – ›von der Art gibt es Hunderte.‹ Aber da bin ich empört: ›Nein‹, schrei ich sie an, ›es gibt keinen wie ich, hat nie einen Solchen gegeben ....‹ Schrei und schrei, denn ich muß mich selbst überschreien mit dieser Phrase. Bis ich plötzlich bemerke, daß ich in einer fremden Stube vor einer hilflosen alten Dame stehe und irgendeine Rolle spiele. Dann schleiche ich scheu davon, laufe die Gasse entlang und tret in meine

Stube im letzten Augenblick eh mir die Tränen aus den Augen brechen. Und dann –« Ewald Tragy schüttelt heftig mit dem Kopf, als wollte er die Gedanken, die sich immer weiter bauen, zum Einsturz bringen. Er weiß: ich weine dann, freilich, weil ich mich verraten habe. Aber wie soll ich das erklären und wozu? Das ist ja wieder ein Verrat.

Und er versichert hastig: »Unsinn, Fräulein – Sie dürfen nicht glauben, daß ich wirklich weine –«

Und schon tut ihm die Lüge weh.

Es hat so wohlgetan sich anzuvertrauen und nun ist wieder Alles verdorben. Man muß nicht immer wieder anfangen, denkt Tragy und bleibt verstimmt und stumm.

Das Fräulein schweigt auch.

Sie horchen: die Karten fallen auf die Spieltische, wie Tropfen von Bäumen, die jemand schüttelt. Und von Zeit zu Zeit mit großer Wichtigkeit:

»Die Tante gibt«

oder: »wer meliert?«

oder: »Treff ist atout«,

und: das Kichern der vier Kusinen.

Jeanne denkt nach. Sie will etwas Liebes sagen, also für ihn: etwas Deutsches. Aber sie weiß nicht, wie sie die fremden Worte erwärmen soll, darum bittet sie endlich: »Sei nicht traurig«. Und schämt sich.

Der junge Mensch blickt auf und sieht ihr ernst und sinnend ins Gesicht, solange bis sie aufgehört hat, zu glauben: ich habe sicher Unsinn gesagt. Dann nickt er ein wenig und nimmt ganz ernst ihre Hand, die er vorsichtig zwischen seine beiden legt. Es ist wie ein Versuch, und er weiß nicht, was tun mit dieser Mädchenhand, denn er gibt sie frei, läßt sie einfach fallen, der junge Mensch.

Indessen hat Jeanne einen zweiten deutschen Satz gefunden, auf den sie sehr stolz ist: »Sie haben doch noch nichts verloren?«

Da faltet Ewald die Hände im Schoß und sieht zum Fenster hinaus.

Pause.

»Sie sind so jung –«, tröstet ihn das Mädchen zaghaft.

»Oh«, macht er. Er ist wirklich überzeugt, daß das Leben für ihn eigentlich abgetan ist; nicht, daß er mittendurch gegangen wäre, aber ein für allemal vorbei. Er lügt also jetzt nicht und ist wahrhaft traurig: »Jung? Ist es *das*, bitte? Ich habe Alles verloren…«

Pause.

»… auch Gott«, und er bemüht sich, jedes Pathos zu vermeiden. Da lächelt sie; sie ist fromm.

Er versteht dieses Lächeln nicht, gerade jetzt stört es ihn, und er ist einwenig verletzt. Allein sie kommt um Verzeihung bitten, steht auf und sagt:

»Ewald«, sie spricht es aus mit falscher Betonung auf dem *a* und mit einem dunkeln stummen *e* am Ende, das geheimnisvoll und wie eine Verheißung klingt, »ich glaube, Sie werden Alles erst finden –«

Und dabei steht sie so hoch und feierlich vor ihm.

Er senkt die Stirne tiefer und will prahlen: ›Kind‹ – so recht wehmütig überlegen, und ist doch so leise dankbar gleich darauf und möchte jubeln dürfen: ›Ich weiß.‹ Und er tut weder das eine, noch das andere.

Da bemerkt jemand im Spielzimmer, daß es so schweigsam geworden sei nebenan. Frau von Wallbach runzelt die Stirn und befiehlt gleich: »Jeanne!«

Jeanne zögert.

Die Hausfrau ist wirklich besorgt, und die vier Kusinen helfen ihr: »Fräulein!«

Da neigt sich die Französin und man weiß nicht, ist das Frage oder Befehl: »Und – Sie reisen?!«

»Ja«, flüstert Ewald rasch. Er fühlt dabei eine Sekunde lang ihre Hand im Haar und verspricht einem fremden jungen Mädchen, in die Welt zu gehen, und weiß gar nicht, wie seltsam das alles ist.

II

Man wird es kaum glauben: Ewald Tragy schläft volle vierzehn Stunden. Und das ist ein fremdes elendes Hotelbett, und auf dem Bahnhofplatz gibt es Lärm und Sonne seit fünf Uhr früh. Er hat sogar vergessen zu träumen, trotzdem er weiß, daß ›erste‹ Träume besondere Bedeutung haben. Er tröstet sich damit, daß sich jetzt Alles erfüllen könne, gleichviel, ob man es träume oder nicht, und zieht diesen leeren Schlaf hinter allem Gestrigen aus wie einen langen, langen Gedankenstrich. Fertig. So, und jetzt? Und jetzt kann es beginnen – das Leben, oder das, was eben zu beginnen hat der Reihe nach.

Der junge Mensch streckt sich behaglich in den Kissen aus. Vielleicht will er so, in dieser wohligen Wärme, die Ereignisse empfangen? Er wartet noch eine halbe Stunde, aber das Leben kommt nicht. Da steht er denn auf und beschließt, ihm entgegenzugehen. Und daß man dies müsse, ist die Erkenntnis des ersten Morgens.

Sie befriedigt ihn, gibt ihm Bewegung und Zweck und treibt ihn hinaus in die neue lichte Stadt. Er weiß zunächst nur, daß die Gassen unendlich lang und die Trambahnen lächerlich klein sind, und ist ohneweiters geneigt, jede dieser beiden Erscheinungen durch die andere zu erklären, was ihn ungemein beruhigt. Alle Dinge interessieren ihn, die großen und bedeutenden nicht zuletzt. Aber je tiefer in den Tag hinein, desto mehr verliert alles an Wert den Regenrinnen gegenüber, vor welchen Tragy immer nachdenklicher stehen bleibt. Er lächelt nichtmehr über die darangeklebten kleinen Zettel und ihre Versprechungen und hat keine Zeit mehr, sich über die seltsame Sprache zu wundern, in der sie abgefaßt sind. Er übersetzt sie mit krampfhafter Geschäftigkeit und schreibt viele Namen und Nummern in sein Taschenbuch.

Endlich macht er den ersten Versuch. Im Flur schiebt er seine Krawatte zurecht und nimmt sich vor: Ich werde sehr höflich sagen: ›Verzeihen Sie, hier ist wohl ein Zimmer für einen Herrn, nichtwahr?‹ Er läutet, wartet und sagt es höflich, hochdeutsch und mit bescheidener Betonung. Eine große breite Frau drängt ihn gleich links in eine Tür, ehe er mit seiner Frage zuende ist.

»Wissen S' ich sags gleich wie es is. Sauber is's. Und wenn S' sonst noch was brauchen...« Und damit erwartet sie, die Hände in die Hüften gestemmt, seine Entscheidung.

Das ist eine kleine Stube, zweifensterig mit alten umständlichen Möbeln und schon ganz voll Dämmerung, so daß man das Gefühl hat, eine Menge Dinge mit zu mieten, von denen man sich nicht träumen läßt.

Und wie nun der junge Mann so gar nichts sagt und sich kaum umsieht in dem dunklen Zimmer, fügt die Frau zögernd an: »Und 's macht halt zwanzig Mark im Monat samt Frühstück, soviel haben wir halt immer bekommen –« Tragy nickt ein paar Mal. Dann tritt er näher an den alten Sekretär heran, der in einer Ecke steht, prüft die breite aufgeklappte Schreibplatte und lächelt, zieht zwei oder drei von den kleinen Schubläden im Hintergrund auf und lächelt wieder: »Der bleibt doch hier stehn, der Schreibtisch?« erkundigt er sich und ist ganz entschlossen: ich bleibe auch. Aber dann fällt ihm die lange Reihe von Nummern in seinem Taschenbuch ein, wie eine Pflicht, und er meint schnell: »Das heißt, bis morgen darf ich mirs wohl überlegen?«

»Ja wegen meiner –«

Und Tragy merkt sich gut das Haus und schreibt in sein Taschenbuch: ›Frau Schuster, Finkenstraße 17 Hinterhaus, parterre, Schreibtisch.‹ Hinter ›Schreibtisch‹ drei Rufzeichen. Dann ist er sehr zufrieden mit sich und versucht nichts mehr an diesem Tage.

Aber am nächsten Morgen beginnt er ganz früh seinem Taschenbuch nachzugehen. Und das ist keine Kleinigkeit. Vormittags, solang die Leute noch ausgeschlafen und die Stuben gut gelüftet sind, freut ihn seine Wanderung noch einigermaßen. Er notiert pünktlich alle Vorzüge – dort einen Erker mit Aussicht, gegenüber ein Kanapee, und ein Badezimmer in Nummer 23, zwei Treppen, nirgends mehr ein Schreibtisch, allerdings. Dafür bringt er da und dort kleine Warnungen an, zum Beispiel: ›kleine Kinder‹ oder: ›Klavier‹ oder: ›Wirtshaus‹. Dann werden die Notizen immer karger und hastiger; seine Eindrücke verändern sich ganz seltsam. In gleichem Maße mit der Unfähigkeit seiner Augen wächst die Empfindlichkeit seiner Geruchsnerven, und um Mittag hat er diesen vernachlässigten Sinn soweit ausgebildet, daß ihm die Außenwelt einzig durch ihn mehr zum Bewußtsein kommt. Er denkt: Aha, Linsen, oder: Sauerkohl, und wendet sich schon auf der Schwelle um, wenn ihm irgendwo ein Wäschetag entgegenqualmt. Er vergißt ganz den Zweck seiner Besuche und beschränkt sich, einfach die Eigenart der einzelnen Atmosphären festzustellen, welche ihm aus den lächerlich kleinen Küchen, gleich losgelassenen Hunden, entgegenstürzen. Dabei rennt er heulende kleine Kinder um, lächelt den erzürnten Müttern dankbar ins Gesicht und versichert stumme Greise, die er irgendwo in einem Stubenwinkel aufstört, seiner besonderen Hochachtung.

Schließlich dunkeln alle Flure, und da kommt ihm in jeder Tür, wo immer er läuten mag, immer dieselbe breite Frau entgegen, dieselben Kinder heulen ihn überall an, und im Hintergrund ist immer wieder dieser gestörte alte Herr mit den erschreckten verständnislosen Augen.

Da flieht Ewald Tragy, atemlos. Als er sich erholt, findet er sich vor dem uralten Schreibtisch mit den vielen Schubladen und hat just begonnen zu schreiben:

›Lieber Papa, meine Wohnung ist also: Finkenstraße 17 bei Frau Schuster.‹ Dann denkt er lange nach und beschließt endlich, den Brief erst morgen weiterzuschreiben.

Und später braucht er den Sekretär selten. Er lebt die ersten Wochen so hin, den ganzen Tag außer Haus, ohne rechten Plan, stets in dem Gefühl: Ja, was wollt ich denn eigentlich? Er geht in die Galerien, und die Bilder enttäuschen ihn. Er kauft sich einen ›Führer durch München‹ und wird müde dabei. Endlich sucht er sich so zu benehmen, als ob er jahrelang hier leben würde, und das ist nicht leicht. Er sitzt am Sonntag mitten unter den Philistern in einem Brauhausgarten und wandert hinaus auf die Oktoberwiese, wo die Buden und Ringelspiele aufgeschlagen sind, und fährt nachmittags in einer Droschke in den ›Englischen Garten‹. Da gibt es manchmal eine Stunde, die er nicht vergessen möchte. So zwischen fünf und sechs, wenn die Wolken auf dem hohen Himmel so phantastisch werden in Form und Farbe und sich plötzlich wie Berge hinter den flachen Wiesen des ›Englischen Gartens‹ aufbauen, so daß man denken muß: Morgen will ich auf diese Gipfel steigen. Und morgen ist dann ein Regentag und der Nebel liegt dicht und schwer über den endlosen Gassen. Immer wieder kommt so ein Morgen, das einem die Dinge aus den Händen nimmt, und der junge Mensch wartet, bis es anders wird. Er hat niemanden, den er fragen könnte, was man tut in seinem Fall. Mit der Hausfrau spricht er, wenn sie ihm das Frühstück bringt, zehn Worte, und an jedem Abend begegnet er ihrem Mann, dem gräflichen Herrschaftskutscher, und grüßt ihn sehr höflich. Er weiß, daß die beiden eine Tochter haben, und hört oft, wenn das Haus ganz stille geworden ist, durch die Wand: »Mama –« und eine feine Mädchenstimme. Sie liest etwas vor, und man kann manchmal meinen, daß es Verse sind.

Das macht, daß Ewald jetzt früher nachhause kommt, seinen Tee trinkt und über einer Arbeit oder einem Buch wachbleibt weit in die Nacht hinein. Jedesmal, wenn die Stimme nebenan beginnt, lächelt er, und so wird ihm seine Stube langsam lieb. Er beschäftigt sich mehr mit ihr, bringt Blumen nachhause und spricht tagsüber oft laut, als hätte er kein Geheimnis mehr vor diesen vier Wänden.

Aber so sehr er sich darum bemüht, es bleibt etwas Kaltes, Ablehnendes an den Dingen, und er hat oft am Abend das Gefühl, als wohnte jemand hier neben ihm, der alle Gegenstände, unbeschadet seiner Anwesenheit, gebraucht und dem sie auch willig zu Gebote sind. Das wird noch verstärkt in ihm durch folgenden Vorfall.

»Merkwürdig«, sagt Ewald eines Morgens, gerade als Frau Schuster den Kaffee hinstellt, »sehen Sie mal, bitte, diese beiden Schubladen des Schreibtisches wollen nicht aufgehen. Haben Sie vielleicht einen Schlüssel? Sonst könnte man ja einen machen lassen –?« Und er rüttelt an den beiden heimlichsten Laden des Schrankes.

»Sie müssen schon verzeihen –«, zögert Frau Schuster, und sie spricht hochdeutsch in ihrer Verlegenheit, »aber ich darf diese beiden Laden nicht aufmachen, nämlich –«

Tragy blickt erstaunt auf.

»Sie müssen nämlich wissen, Herr, das is so: mal haben wir ein' Herrn ghabt, dems sehr schlecht gangen is. Und weil er uns nicht hat zahlen können, hat er uns die Kommode dagelassen und hat gsagt: da in den zwei Laden laß ich Ihnen wichtige Papiere zum Pfand, – hat er gsagt und hat den Schlüssel mitg'nommen ...«

»So, so«, macht Tragy und sieht gleichgültig aus. »Das ist schon lang?«

»Mna«, überlegt die Frau, »so sieben Jahr oder Jahr acht könntens schon sein, wohl, wohl – daß wir nichts mehr von ihm ghört haben; aber leicht kommt er doch mal und holts. Nicht? Man kann nicht wissen ...«

»Freilich, freilich –«, sagt Tragy obenhin, nimmt den Hut und geht fort. Er hat ganz vergessen zu frühstücken.

Seither arbeitet Tragy an dem ovalen Sofatisch, den er quer vor das andere Fenster geschoben hat; denn der Oktober macht Fortschritte, und der Sekretär steht viel zu nah an den Scheiben. So erklärt sich diese Veränderung auf die allernatürlichste Weise.

Und der junge Mensch findet noch manches zugunsten des neuen Platzes, zum Beispiel: daß man so geradezu ins Fenster sieht. Wie ein Bild ist es. Dieser Hof, in dem so langsam die Kastanien welk werden. (Es sind doch Kastanien?) Ein alter Steinbrunnen, ganz im Hintergrund, rinnt und rinnt wie ein Lied, wie eine Begleitung zu Allem. Und es ist sogar etwas wie ein Relief auf dem Sockel. Ja, wenn man nur sehen könnte, was es darstellt. Ach, wie bald es doch dunkel wird, man wird gleich die Lampe anzünden müssen. Übrigens: wenn draußen gar kein Wind ist, wie jetzt, wie dann die Blätter langsam fallen, lächerlich langsam. Da bleibt eines fast stehen in der dicken feuchten Luft und schaut herein und schaut herein – wie Gesichter, wie Gesichter, wie Gesichter... denkt Tragy und sitzt ruhig und reglos und läßt es geschehen, daß jemand sich ans Fenster lehnt und hereinstiert, so nah, daß die Nase sich an den Scheiben eindrückt und die Züge etwas Breites, Vampyrhaftes, Gieriges bekommen. Ewalds Blicke folgen, ganz verloren, den Linien dieses Gesichtes, bis sie plötzlich in die lauernden fremden Augen stürzen, wie in Abgründe. Das bringt ihn zum Bewußtsein. Er springt auf und ist schon am Fenster. Die Riegel geben seinen zitternden Händen nicht gleich nach, und der draußen ist schon weit, als Tragy sich in den Nebel hinauslehnt.

Offenbar hat die kühle Luft ihn beruhigt; denn er tut gar nichts Außergewöhnliches weiter. Er zündet die Lampe an, bereitet seinen Tee wie an jedem anderen Tage und man kann meinen, daß das Buch vor ihm ihn interessiere.

Nur das Eine ist seltsam: er geht nicht schlafen. Er wartet bis die Lampe verlischt; das ist etwa um halb zwei. Da brennt er die Kerze an und sieht geduldig zu, bis sie, ganz im Leuchter, schmilzt. Und da ist auch schon ein scheues Licht hinter den Scheiben. Eine kurze Nacht, nicht? Ewald denkt nicht etwa darüber nach, ob er ausziehen soll. Das ist natürlich. Er überlegt nur, wie er das sagen wird: ›Es tut mir leid, Frau Schuster‹, oder: ›Ich bin wirklich zufrieden gewesen bei Ihnen, aber....‹ Und er baut und baut an diesem armsäligen Satz.

Und mit Morgen ist er überzeugt, daß man nicht daran denken kann, zu kündigen, weil sich das überhaupt in keiner Art ausdrücken läßt. Man bleibt also. Man muß sich eben einrichten. Es ist eben so mit diesen Stuben; die, welche vorher hier gewohnt haben, sind noch nicht ganz draußen, und die, welche nach Ewald Tragy kommen, warten schon. Was bleibt da übrig, als verträglich sein. Und an diesem Sonntag beschließt Ewald, sich so klein wie möglich zu machen, um keinen von seinen unbekannten Zimmergenossen zu stören, und einfach so mitzuleben als der Geringste in diesem Massenquartier in der Finkenstraße.

Und sieh: das geht. Es gibt ein paar ganz erträgliche Wochen und man kommt so sachte in den November hinein und erhält für den kurzen, traurigen Tag eine lange Nacht geschenkt, in der alles mögliche Raum hat.

Gleich mal zunächst: ›Das Luitpold‹. Das ist doch etwas. Man setzt sich zu einem der kleinen Marmortischchen und legt einen Stoß Zeitungen neben sich und sieht gleich furchtbar beschäftigt aus. Dann kommt das Fräulein in Schwarz und gießt so im Vorübergehen die Tasse mit dem dünnen Kaffee voll, o Gott, so voll, daß man sich gar nicht traut, auch noch den Zucker hineinzuwerfen. Dabei sagt man: »Mittel« oder »Schwarz«, und es wird ganz nach Wunsch und Wink: ›mittel‹ oder ›schwarz‹. Zum Überfluß sagt man doch noch etwas Scherzhaftes, wenn man es gerade bei der Hand hat, und dann lächelt die Minna oder Bertha etwas müde ins Unbestimmte hinein und schwenkt die Nickelkannen in der Rechten her und hin.

Tragy sieht das nur an anderen Tischen. Er beschränkt sich auf ein Danke, denn ihm sind diese schwarzen Damen, die am Tage so welk aussehen, sehr unsympathisch; nur die kleine Betty, die ihm das Wasser bringt, bedauert er. Weiß der Himmel warum er ihr etwas Liebes tun möchte, aber, es ist Tatsache, er drückt ihr einmal außer dem Trinkgeld ein klein zusammengefaltetes Papier in die Hand und freut sich, daß ihr die Augen glänzen. Das ist ein Los irgendeiner Wohltätigkeitslotterie und man kann 50 000 Mark gewinnen damit. Aber die kleine Betty sieht sehr enttäuscht aus, als sie nach einer Weile hinter der Säule hervorkommt, und sagt gar nicht: Danke.

Das sind so kleine Zufälle, die den jungen Menschen tiefer berühren, als er selber meint. Sie geben ihm das Gefühl, ausgeschlossen zu sein, gleichsam die Sitten eines fernen Landes fortzuleben unter allen diesen Menschen, die sich mit einem Lächeln und im Vorübergehen verstehen. Er möchte so gern einer von ihnen sein, irgendeiner im Strome, und dann und wann glaubt er es fast. Bis eine Kleinigkeit geschieht, welche beweist, daß sich nichts an dem Verhältnis geändert hat: er auf der einen Seite und alle Welt drüben. Und da lebe nun einer.

Gerade zu dieser Zeit, da Tragy das Bedürfnis hat, jemanden kennen zu lernen, empfängt er einen Brief. Der lautet:

»Ich höre durch Zufall, daß Sie in München sind. Ich habe manches von Ihnen gelesen und stelle es mir schön vor, wenn wir uns sehen würden, bei Ihnen, bei mir oder an einem dritten Ort, wie Sie wollen und – *wenn* Sie wollen.«

Und Tragy will nicht. Er kennt den Namen, welcher unter dem Brief steht, längst aus Zeitschriften und Gedichtanthologieen und hat gar nichts gegen Wilhelm von Kranz, durchaus nicht. Aber im Augenblick, da dieser Herr ihn anrührt, kriecht er wie eine Schnecke in sich zusammen. Was er noch gestern gewünscht hat, wird eine Gefahr im Moment, da es sich erfüllen kann, und es scheint ihm unerhört, daß da jemand ist, der so ohneweiters, mit den staubigen Schuhen sozusagen, in seine Einsamkeit will, darin er selber nur ganz leise aufzutreten wagt. So gibt er nichtnur keine Antwort, sondern meidet sogar vorsichtig jeden ›dritten Ort‹, ist oft zuhause und bekommt so gelegentlich auch die Haustochter zu Gesicht, von der er bislang nur die Stimme kannte.

Er sagt ihr einmal, als sie ihm den Kaffee bringt: »Und was lesen Sie immer abends, Fräulein Sophie?«

»Oh, was wir gerade haben. Viel Bücher haben wir nicht – aber, hört man es denn hier?«

»Wort für Wort«, übertreibt Ewald.

»Stört es Sie sehr?«

Und Tragy sagt nur: »Nein, es stört mich nicht. Aber wenn Sie gern lesen, will ich Ihnen geben, was ich mithabe. Es ist nicht vieles, aber viel.« Und er reicht ihr einen Band Goethe.

Das ist ein ganz kleiner Verkehr zwischen ihnen, aber er füllt bei Tragy etwas aus, wird ein steter Gedanke mitten in dem Vielen, das durch seine Seele strömt, und er ruht gerne aus darin. Jemandem solche Bücher leihen ist schließlich dasselbe wie ihm ein Los schenken. Aber diesmal erhält Tragy einen sympathischen Dank dafür. Das macht ihn froh.

Er war guter Laune auch an dem Nachmittag, da er so unerwartet nachhause kommt und in seiner Stube Stimmen hört. Er zögert und horcht. Rasche, halblaute Worte, die vor seinen Schritten zu flüchten scheinen, und dann steht ein junger Mensch mit einem breiten dicken Gesicht vor der Tür und pfeift, pfeift so in den Tag hinein, mir nichts und dir nichts. Und eben da Ewald ihn zu Rede stellen will, tritt Sophie aus seiner Tür, sehr blaß, und tut als ob das alles selbstverständlich wäre. Dann sagt sie unsicher: »Es ist der Herr hier, – der ... er wollte das Zimmer sehen, Herr Tragy.«

Die beiden jungen Leute sehen sich ins Gesicht. Der Fremde hört auf zu pfeifen und grüßt. Und da er höflich lächelt dabei, wird das Gesicht breit und verschwommen, und Tragy muß an etwas Häßliches denken. Trotzdem dankt er flüchtig, so mit der Hand an der Krempe, und tritt in seine Stube.

Er bemerkt erst nach einer Weile, daß Sophie hinten an der Tür steht, hat plötzlich fürchterlich viel zu tun, trägt Dinge ganz überflüssiger Weise von einem Tisch zum andern und bückt sich gelegentlich, um etwas aufzuheben. Aber endlich ist er doch fertig mit diesem unseligen Aufräumen und er muß nun wahrscheinlich das Mädchen fragen: Was wollen Sie? Denn so kann sie doch nicht stehen bleiben wollen ohne Grund.

Plötzlich fällt ihm etwas ein und er spricht nach der

andern Seite hin, irgendwohin in eine Ecke: »Sie können beruhigt sein, ich werde nichts sagen. Das wollen Sie ja doch hören, nichtwahr? Also gut. Aber ich ziehe aus im nächsten Monat; ich habe ohnehin die Absicht gehabt –«

Und da sitzt er schon am Tisch und schreibt, tief, als ob er seit zwei Stunden schriebe. Es wird aber nur ein ganz kurzer Brief an Herrn von Kranz, darin er ihn bittet, morgen um vier im ›Luitpold‹ zu sein, wenn es ihm passe. Erst nachdem er die Adresse beendet hat, sieht er sich vorsichtig um. Es ist niemand mehr da, und Ewald wechselt Schuhe und Anzug, denn er hat vor, auswärts zur Nacht zu essen.

Herrn von Kranz paßt die Stunde, wie ihm eine jede Stunde gepaßt haben würde. Er ist nicht übermäßig beschäftigt, nämlich. Er schreibt etwas Großes, ein Epos oder etwas über das Epos hinaus, jedenfalls etwas ganz Neues, etwas ›in Höhepunkten‹, so hat er dem neuen Bekannten versichert in der ersten halben Stunde. Eine solche Arbeit hängt aber, wie man weiß, einzig von der Inspiration ab, von der tiefen Begeisterung, welche (nach Herrn von Kranz) »den Traum des dunklen Mittelalters erfüllt und es versteht, aus allen Dingen Gold zu machen«. So etwas geschieht freilich mitten in der Nacht oder sonst unglaublich wann, nicht um vier Uhr nachmittags, zu einer Zeit, da sich bekanntlich die allergewöhnlichsten Dinge ereignen können. Und deshalb ist Herr von Kranz frei und sitzt im ›Luitpold‹, Tragy gegenüber. Er ist sehr beredt, denn Ewald schweigt viel, und Kranz liebt das Schweigen nicht, scheint es. Er hält das für das Vorrecht der Einsamen, wo aber zwei oder drei beisammen sind, da hat es tatsächlich keinen Sinn, wenigstens keinen, den man auf den ersten Blick begreift. Und nur nichts Dunkles und Unverständliches, im Leben wenigstens. In der Kunst? Ah das ist etwas anderes, da hat man ja das Symbol, nichtwahr? Dunkle Umrisse vor lichtem Hintergrund, nichtwahr? Verschleierte Bilder – nicht? Aber im Leben – Symbole, oh – lächerlich.

Manchmal sagt Ewald: »Ja« und wundert sich, woher in aller Welt er diese Unmenge unverbrauchter ›Ja‹ in sich hat. Und wundert sich über die großen Worte und über das kleine Leben irgendwo tief unten. Denn er lernt in diesem Nachmittag die ganze Weltanschauung des Herrn von Kranz, diese Weltanschauung aus der Vogelperspektive, kennen und – und wundert sich eben. Er ist jung, nimmt die Dinge wie Tatsachen und die Sensationen für Schicksale hin und hat dann und wann das Bedürfnis, etwas von diesen glänzenden Konfessionen aufzuschreiben, weil ihr ganzer Zusammenhang, weithin, ihm unübersehbar scheint. Was ihn aber am meisten überrascht, das ist das Fertige aller dieser Überzeugungen, die sorglose Leichtigkeit, womit Kranz eine Erkenntnis neben die andere setzt, lauter Eier des Kolumbus: wenn eines nicht gleich aufrecht bleiben will, ein Schlag auf die Tischplatte und – es steht.

Ob das Geschicklichkeit ist oder Kraft – wer mag das entscheiden? Herr von Kranz ist aufrichtig bei der Sache. Er spricht sehr laut und hat offenbar den Ort der Handlung ganz vergessen. Wie ein Sturm, der fremden Stuben die Fenster aufreißt, bricht seine Rede in alle Gespräche, so daß man endlich nachgibt und allenthalben die Fenster offen läßt. Und da ist eben der Sturm obenauf. Sogar die schöne Minna vergißt einzuschenken, bleibt an einer Säule lehnen und hört zu. Nur leider mit ganz impertinenten Augen. Und plötzlich fängt sie mit diesen großen, grünen Augen die blitzenden Blicke des Dichters auf und bändigt sie, macht sie klein, unbedeutend, nichtswürdig und läßt sie mit einem infamen Lächeln einfach fallen.

Herr von Kranz verliert einen Moment die Fassung. Er wankt im Sattel, tut aber gleich, als sei das eine beabsichtigte Schwenkung gewesen und wirft der Schönen ein Wort zu, so ein klebriges, mehr Frosch als Blume. Dann ist er gleich wieder bei der Sache und ist sogar an einem Höhepunkt, an der Stelle nämlich: »Wie ich Nietzsche überwand.«

Aber Ewald Tragy hört aufeinmal nichtmehr zu. Er entdeckt das erst viel später, als Kranz an irgendeinem Ende ist und wartet. Dieses Warten bedeutet: Und Sie? Sie haben doch auch so etwas wie eine Meinung von Alledem, hoffentlich. Weltanschauung um Weltanschauung, bitte?

Tragy begreift das nicht gleich, und als er es schließlich versteht, gerät er in unbeschreibliche Verwirrung. Er steht so mitten in allem, wie tief im Wald, und sieht nichts als Stämme, Stämme, Stämme und weiß kaum, ob Tag oder Nacht ist über ihnen. Und doch soll er genau die Stunde nennen, auf die Minute genau, so daß gar kein Zweifel möglich ist. Er fürchtet durch sein Schweigen Herrn von Kranz zu verletzen; aber der wird immer milder, teilnahmsvoller, väterlich fast. Und er befiehlt rasch: »zahlen!« So feinfühlig ist er.

In den nächsten Tagen aber empfindet Tragy immer

deutlicher, daß er dem neuen Bekannten etwas geben müsse von sich, nicht aus Sympathie, sondern weil er doch nach jenem freimütigen Nachmittag sein Schuldner geworden ist im Vertrauen. Und als die beiden einmal im ›Englischen Garten‹ gehen – es ist wieder so eine Dämmerung mit Wolkenbergen am Horizont –, sagt er unvermittelt: »Immer war ich so ganz allein. Mit zehn Jahren kam ich aus dem Haus in die Militärerziehung unter fünfhundert Kameraden und – trotzdem... Ich war sehr unglücklich dort – fünf Jahre. Und dann steckten sie mich wieder in eine Schule, und dann wieder in eine, und so fort. Ich war immer allein, wissen Sie...«

›Wenn es weiter nichts ist‹, denkt Herr von Kranz, ›dem läßt sich abhelfen.‹ Und seither ist er jeden Augenblick bei Ewald, früh, Vormittag, oft bis weit in die Nacht. Und er tut das so selbstverständlich, daß Tragy nichtmehr wagt, seine Einsamkeit zu verriegeln; er lebt bei offenen Türen, sozusagen. Und Herr von Kranz kommt und geht und kommt und geht. Er hat ein Recht dazu, denn: »Wir haben ganz das gleiche Los, lieber Freund Tragy –«, behauptet er. »Auch mich verstehn sie nicht zuhaus, natürlich. Sie nennen mich überspannt, verrückt, als ob –«; er vergißt bei diesem Anlaß nie anzufügen, daß sein Vater Hofmarschall ist an einem kleinen deutschen Hofe und daß man in diesen Kreisen – er schätzt sie offenbar sehr gering – die bekannten konservativ vornehmen Ansichten habe. Eben diesen Ansichten hat er es ja auch zu danken, daß er Lieutenant, man bedenke, Lieutenant bei der Garde werden mußte, und er versichert, daß es arge Mühe kostete nach einem Jahr in die Reserve zurückzutreten, gleichsam über die Sympathieen der Vorgesetzten und der Untergebenen weg. Und vollends, daß man zuhause auf Schloß Seewies-Kranz mit seiner neuen Berufswahl nicht, aber ganz und gar nicht einverstanden sei und ihm die Prügel nur so vor die Füße werfe, das brauche er wohl kaum noch zu versichern. Aber trotzalledem gebe er den Kampf nicht auf. Im Gegenteil. Er habe sich verlobt, ja, ganz regelrecht verlobt, mit gedruckten Anzeigen verlobt. Sie ist aus den besten Familien, natürlich, vornehm, gut erzogen, nicht reich, aber beinahe adelig. (Ihre Mutter ist eine Gräfin Soundso.) Nun und dieser Schritt, den er ohneweiters unternahm, ist doch ein Beweis seiner Freiheit, gewissermaßen. Auch soll es nicht zu lange dauern bis zur Hochzeit, und dahinter kommt erst der Haupterfolg, nämlich: »Mein Austritt aus der Kirche –« Kranz zwirbelt seinen blonden Schnurrbart auf und lächelt.

»Ja –«, sagt er, ungemein zufrieden mit sich und mit Tragys Erstaunen, »das ist ein Schlag, was? Ich entsage dabei meiner Offiziers-charge, natürlich – ich opfere sie auf für meine Überzeugung. Einer Gemeinschaft anzugehören, deren Gesetze man nicht erfüllt, ist eine Untreue gegen sich selbst...«

›Untreue gegen sich selbst‹, fällt Tragy einmal mitten in der Nacht ein, wie fertig das wieder ist, wie klar, wie überwunden. Und er erinnert sich seither fast jede Nacht an irgend eine Stelle aus seinen Gesprächen mit Kranz, und sie scheinen ihm alle gleich trefflich und bezeichnend. Die Folgen bleiben nicht aus.

Eines Morgens, im November noch, erwacht Tragy und hat eine Weltanschauung. Wirklich. Sie läßt sich gar nicht leugnen, sie ist da, alle Anzeichen sprechen dafür.

Er weiß nicht recht, wem sie gehört, aber da er sie doch nun mal bei sich gefunden hat, nimmt er an, daß es die seine sei. Selbstverständlich bringt er sie nächstens mit ins ›Luitpold‹. Und kaum hat er sie gezeigt, besitzt er schon eine Menge Bekannte, die fast wie Freunde sind, ihm von seinen Gedichten erzählen, die sie Alle kennen, und ihm alle fünf Minuten Zigaretten anbieten: »Aber nehmen Sie doch.« Fehlt nur noch, daß sie ihn auf die Schulter klopfen und Du sagen. Aber Tragy raucht nicht, obwohl er fühlt, daß dies zu seiner Weltanschauung gehört, so gut wie der Sherry, den er vor sich stehen hat, und die Absicht, den Abend in den Blumensälen zuzubringen, wo die berühmte Branicka singt.

Und da behauptet gerade jemand, Kranz kenne sie wohl sehr genau, die Branicka. »Wie?«

Kranz hebt die Achseln hoch und dreht den Schnurrbart; er ist auf einmal ganz Lieutenant, ist ›von‹ Kranz. Und es witzelt einer: »Ja nach den Stunden, die er bei seiner Braut verbringt, braucht er doch – eine Ableitung.« Und großes Gelächter; denn das finden alle treffend, ›fein‹, wie der technische Ausdruck lautet, und Kranz selber nennt es so.

Er fühlt sich überhaupt herzlich wohl unter diesen jungen Leuten, die zum Überfluß auch Namen haben, obgleich es genügt hätte, sie zur Unterscheidung zu numerieren. Eine hohe Meinung hat Kranz allerdings nicht von seinen täglichen Genossen, sie sind ihm so eine Art Hintergrund für die eigene Persönlichkeit, und wenn Tragy mal nach einem von ihnen fragt, gibt er obenhin: »Der? Na man kann noch nicht wissen, ob er Talent hat, vielleicht –« und wählt das zum Anlaß eines längeren Gespräches über die ›Aufgaben der Kunst‹, über die ›technischen Forderungen des Dramas‹ oder das ›Epos der Zukunft‹.

Auch hier fühlt sich Tragy ganz unerfahren, und es kann zu keiner gerechten Erörterung kommen, weil er nur selten etwas zu entgegnen weiß. Aber wenn ihn seine Unwissenheit in den anderen Fällen beunruhigt, diesen Dingen gegenüber empfindet er sie wie einen Schild, hinter dem er irgendwas Liebes, Tiefes – er vermag nicht zu denken was – bergen kann, vor irgendeiner fremden Gefahr, und er weiß nicht zu sagen – vor welcher. Er scheut sich auch manches, was ihm in einer leisen Stunde gelingt, dem Genossen zu zeigen und liest ihm nur ganz selten mit halber, unbewußt klagender Stimme ein paar blasse Verse vor und bereut es gleich darauf und schämt sich vor dem bereiten Beifall des anderen, der so laut und rücksichtslos ist. Seine Verse sind eben krank, und man soll nicht laut sprechen in ihrer Gegenwart.

Im übrigen bleibt Tragy nicht viel Zeit für solche Heimlichkeiten. Es stehen mit einem Male soviel Dinge in seinen Tagen, und trotzdem kommt er jetzt leichter durch als früher, da sie leer waren und man sich nirgends halten konnte. Es gibt eine Menge kleiner Pflichten, tägliche Verabredungen mit Kranz und seinem Kreis, ein stetes Beschäftigtsein ohne eigentlichen Sinn und Gespräche, die man überall enden konnte, an jeder beliebigen Stelle. Dafür fehlt jede Erregung und Unruhe; es ist ein immerwährendes Mitgehen, und der eigene Wille hat nichts zu tun. Eine einzige wirkliche Gefahr besteht noch: das Alleinsein – und davor weiß jeder den andern zu behüten.

So ist Alles bis zu jenem Nachmittag, da Herr von

Kranz, bedeutender als je, im ›Luitpold‹ sitzt und Tragy erklärt:

»Solange wir das nicht erreichen, – ist nichts. Wir brauchen eine Höhenkunst, lieber Freund, so etwas über Tausende hin. Zeichen, die auf allen Bergen flammen von Land zu Land – eine Kunst wie ein Aufruf, eine Signalkunst –«

»Quatsch«, sagt jemand hinter ihm, und das fällt wie nasser Mörtel auf die glänzende Beredsamkeit des Dichters und deckt sie zu.

Dieses ›Quatsch‹ gehört einem kleinen schwarzen Mann, der einen langen Zug tut aus einem unglaublich verbrauchten Zigarettenrest, und zugleich mit der Asche glimmen seine großen schwarzen Augen auf und verlöschen mit ihr. Dann geht er ruhig weiter, und Herr von Kranz ruft geärgert hinter ihm her: »Natürlich, Thalmann –«

Und fügt für Ewald hinzu: »Er ist ein Flegel. Man müßte ihn einmal zu Rede stellen. Aber er hat ja keine Art. Er zählt überhaupt nicht mit. Ihn nicht beachten, das ist das beste –«, und er hat gute Lust, seine Erörterungen über die Höhenkunst wieder aufzunehmen. Allein Tragy wehrt sich mit ungewohnter Energie dagegen und fragt unbeirrt: »Wer ist das?«

»Ein Jude aus irgendeinem kleinen Nest, schreibt Romane, glaub ich. Eine von den zweifelhaften Existenzen, wie es hier Dutzende gibt, Dutzende. Das kommt heute man weiß nicht woher und geht übermorgen und man weiß nicht wohin, und es bleibt nichts zurück als einwenig Schmutz. Sie dürfen sich nicht täuschen lassen durch diese Gesten, lieber Tragy ...«

Seine Stimme wird ungeduldig und das heißt: ein für alle Mal und genug davon. Und Tragy ist auch ganz einverstanden und bereit, sich nicht täuschen zu lassen.

Aber es ist doch ein Abschnitt, dieser Nachmittag. Er kann dieses lächerliche ›Quatsch‹ nicht vergessen, das so schwer und breit auf die Begeisterung des Propheten fiel und, was das Schlimmere ist, er hört es noch immer fallen – hinter jedem großen Geständnis des Herrn von Kranz klatscht es herunter, und er sieht irgendwo in der Erinnerung den kleinen schwarzen Mann mit den breiten Schultern und dem schäbigen Rock stehen und lächeln.

Und ganz so findet er ihn eine Woche später abends in den Blumensälen. Es ist ihm natürlich, auf ihn zuzugehen und ihn zu begrüßen. Gott weiß warum. Der andere ist auch nicht erstaunt darüber, er fragt nur: »Sind Sie mit Kranz hier?«

»Kranz wollte nachkommen.«

Pause, und dann: »Ist Ihnen Kranz nicht sympathisch?«

Thalmann nickt jemandem im Parterre zu und antwortet nebenbei: »Sympathisch, machen Sie doch nicht solche Worte. Er langweilt mich.«

»Und sonst langweilen Sie sich nie? –« Tragy ist gereizt durch die geringschätzige Art des andern.

»Nein, ich habe nicht Zeit dazu.«

»Merkwürdig, daß man Sie dann hier findet?«

»Wieso?«

»Hier geht man doch nur aus Langweile her?«

»Vielleicht andere, ich nicht.«

Tragy staunt über seine eigene Hartnäckigkeit. Er gibt nicht nach:

»Dann haben Sie also Interesse...?«

»Nein«, macht der Schwarze und geht weiter. Tragy hinter ihm: »Sondern?«

Thalmann wendet sich kurz: »Mitleid.«

»Mit wem?«

»Mit Ihnen zunächst.« So läßt er Tragy zurück und geht, wie damals im ›Luitpold‹, ruhig weiter. Und Ewald ist schon um elf zuhaus und schläft schlecht in dieser Nacht.

Am nächsten Tag ist Schnee gefallen. Alle Welt ist froh über das Ereignis, und die einander in den weißen Straßen begegnen, lächeln sich zu: »Er bleibt liegen«, und freuen sich. Ewald findet Thalmann an der Ecke der Theresienstraße, und sie gehen ein Stück weit zusammen. Lange still, bis Ewald beginnt: »Sie schreiben, nichtwahr?«

»Ja, auch das, gelegentlich.«

»Auch? So ist das nicht Ihre eigentliche Beschäftigung?«

»Nein –«

Pause.

»Was tun Sie denn also, bitte?«

»Schauen.«

»Wie?«

»Schauen und das andere – Essen, Trinken, Schlafen, dann und wann, nichts Besonderes.«

»Man sollte meinen, daß Sie sich in einem fort lustig machen.«

»So, worüber?«

»Über Alles, über Gott und die Welt.«

Da antwortet Thalmann nicht, sondern lächelt so: »Und Sie, Sie machen wohl viele Gedichte?«

Tragy wird ganz rot und schweigt. Er kann kein Wort hervorbringen.

Und Thalmann lächelt nur.

»Halten Sie das für eine Schande?« zwingt Tragy endlich heraus und friert.

»Nein. Ich halte überhaupt nichts für – etwas. Es ist nur – überflüssig. Doch, ich muß da hinauf.« Und im Tor: »Adieu, und Sie können recht haben mit dem Lustigmachen.«

Und nun ist Tragy wieder allein. Er muß an die Zeit denken, da er zehnjährig und verzärtelt aus dem Haus kam, unter lauter Roheit und Gleichgültigkeit, und er fühlt sich ganz so wie damals, erschrocken, hilflos, unfähig. Es ist immer dasselbe. Als ob ihm etwas fehlte zum Leben, irgend ein wichtiges Organ, ohne welches man eben nicht vorwärts kommt. Wozu immer wieder diese Versuche?

Er kommt müde nachhause wie von einem weiten Weg und weiß nicht, was er mit sich beginnen soll. Er stöbert in alten Briefen und Erinnerungen und liest auch die Gedichte durch, jene letzten, leisesten, welche selbst Herr von Kranz nicht kennt. Und da findet er sich und erkennt sich wieder, langsam Zug für Zug, als ob er lange fern gewesen wäre. Und in der ersten Freude schreibt er einen Brief an Thalmann und strömt über von Dankbarkeit:

»Sie haben ganz recht«, heißt es darin, »ich war ja so falsch und phrasenhaft geworden. Jetzt sehe ich Alles ein und begreife Alles. Sie haben mich geweckt aus einem bösen Traum. Wie soll ich Ihnen danken dafür? Ich kann nicht anders, als indem ich Ihnen diese Lieder, das Teuerste und Heimlichste, was ich besitze, übersende –«

Und dann trägt Tragy Brief und Gedichte selber an die Adresse, weil die Post ihm plötzlich unsicher scheint. Es ist spät, und er muß im Dunkel vier Treppen aufwärts tasten bis zu dem Atelier in der Giselastraße, welches Thalmann bewohnt. Er trifft ihn in dem lächerlich kleinen Loch, das eigentlich nur wie ein Rahmen ist um das schräge ungeheure Nordfenster, schreibend. Eine alte verbogene Lampe brennt hier, hoch in der Nacht, und hat nicht die Kraft, die vielen Dinge, die ohne Sinn durcheinander liegen, zu unterscheiden.

Thalmann hält sie dem Eintretenden vors Gesicht: »Ach, Sie sinds?« Und er schiebt ihm den eigenen Sessel hin. »Rauchen Sie?«

»Nein, danke.«

»Kaffee kann ich Ihnen keinen mehr machen. Ich hab keinen Spiritus mehr. Aber wenn Sie wollen, können Sie mittrinken.« Und er stellt einen alten henkellosen Topf zwischen sie beide.

Er steht mit verschränkten Armen da, rauchend, ruhig beobachtend, vollkommen gleichgültig.

Tragy kann sich nicht entschließen.

»Sie wollen mir etwas sagen?« Thalmann trinkt einen Schluck Kaffee und wischt sich mit dem Handrücken den Mund.

»Ich habe Ihnen etwas gebracht –«, traut sich Ewald.

Der andere rührt sich nicht: »So? Legen Sie's nur daher. Ich werds gelegentlich mal durchsehn. Was ist es denn?«

»Ein Brief –«, zögert Tragy –, »und – – aber vielleicht lesen Sie ihn gleich, bitte.«

Thalmann hat das Kuvert schon aufgerissen, so, nachlässig mit einem Griff. Er behält die Zigarette zwischen den Zähnen und liest flüchtig, blinzelnd durch den Rauch durch. Ewald ist aufgestanden vor Erregung und wartet. Aber nichts verändert sich in dem blassen Gesicht des Schwarzen, nur der Rauch scheint ihn heftig zu stören. Am Ende nickt er: »Naja, und so weiter.« Und zu Tragy: »Ich will Ihnen mal gelegentlich schreiben, was ich von den Dingen halte, reden mag ich nicht über sowas.« Und er trinkt den Kaffee aus auf einen Zug.

Tragy fällt auf den Sessel zurück und sitzt und will den Tränen nicht nachgeben. Er fühlt auf seiner Stirne den Sturm, der sich breit durch die Riesenscheiben hereinpreßt aus der Nacht.

Schweigen.

Dann fragt Thalmann: »Ist Ihnen kalt, Sie frösteln so?«

Ewald schüttelt den Kopf.

Und wieder Schweigen.

Dann und wann krachen die Scheiben leise, heimlich, wenn der Wind sich anlehnt, wie Schollen vor dem Eisgang. Und endlich sagt Tragy: »Warum behandeln Sie mich so?« Er sieht ungewöhnlich krank und traurig aus.

Thalmann raucht eifrig: »Behandeln? Nennen Sie das behandeln? Sie sind wirklich bescheiden. Ich zeige Ihnen doch deutlich genug, daß ich gar nicht vorhabe, Sie irgendwie zu behandeln. Wenn Sie wollen, daß ich mich zu Ihnen stelle, so oder so, müssen Sie sich erst mal die Worte abgewöhnen, die großen Worte; die will ich nicht.«

»Aber wer sind Sie denn?« schreit Tragy und springt an den Schwarzen heran, nah, als ob er ihm ins Gesicht schlagen wollte. Er zittert vor Wut. »Wer gibt Ihnen denn das Recht mir Alles zu zertreten?«

Aber da rütteln schon die Tränen an seiner Stimme und überwältigen sie und machen ihn blind, schwach, lösen ihm die Fäuste.

Der andere drängt ihn sanft zu dem Stuhl zurück und wartet. In einer Weile sieht er auf die Uhr und sagt: »Lassen Sie das jetzt. Sie müssen nachhause, und ich muß schreiben; es ist Mitternacht. Sie fragen wer ich bin: Ein Arbeiter bin ich, sehen Sie, einer mit wunden Händen, ein Eindringling, einer, der die Schönheit liebt und viel zu arm ist dazu. Einer, der fühlen muß, daß man ihn haßt, um zu wissen, daß man ihn nicht bemitleidet... Unsinn übrigens.«

Und Tragy hebt die Augen, die heiß und trocken sind, und starrt in die Lampe. Sie wird gleich auslöschen, denkt er und steht auf und geht.

Thalmann leuchtet ihm die enge Treppe hinunter. Und es will Tragy scheinen, daß sie kein Ende nimmt.

Tragy ist krank. Er kann nicht ausziehen deshalb und behält bis zum ersten Januar seine Stube in der Finkenstraße. Er liegt auf dem unbequemen Sofa und denkt an diesen Garten mit den weiten blassen Wiesen und den Hügeln, zu denen still und schlicht die Birken hinansteigen. Wohin? In den Himmel. Und plötzlich kommt es ihm unerhört komisch vor, sich eine Birke, eine junge, dünne Birke anderswo zu denken, als im Himmel. Gewiß, es gibt nur im Himmel Birken, gewiß. Was sollten die denn unten? Man denke nur neben diesen breiten braunen Stämmen – ebensogut könnte es Sterne geben an der Zimmerdecke. Aber plötzlich fragt er: »Was pflükken Sie, Jeanne?« »Sterne.« Er überlegt einen Augenblick und sagt dann: »Das ist gut, Jeanne, das ist sehr gut.« Und er fühlt ein Wohlbehagen im ganzen Körper, bis ein heftiger Schmerz im Kreuz es zerstört. Ich hab mich zu sehr angestrengt, ich habe ja den ganzen Vormittag Blumen gepflückt. Wie kann man auch? Vormittag? Lächerlich: zwei Tage, vierzehn Tage, ooh überhaupt. Aber da kommt ja Jeanne durch die Allee, durch diese lange Allee von Pappeln. Endlich ist sie nahe. Mohn! sagt Ewald enttäuscht. Mohn! wer wird denn Mohn holen? Ein Sturm, und alles ist fort. Sie werden sehen. Und was dann? ja, was dann?...

Auf einmal setzt sich Tragy auf, hat ein dunkles Gefühl von einem Garten und will sich besinnen: Wann war das doch, gestern? Und er quält sich: vor einem Jahr? Und allmählich fällt ihm ein, daß es ein Traum war, bloß ein Traum, also überhaupt nicht. Das gibt ihm keine Ruhe. »Wann sind Träume?« fragt er sich ganz laut. Und er erzählt Herrn von Kranz, der ihn in der Dämmerung besucht, dieses: »Das Leben ist so weit und es stehen doch nur ganz wenig Dinge drin, alle Ewigkeit eines. Das macht bang und müd, diese Übergänge. Als Kind war ich einmal in Italien. Ich weiß nicht viel davon. Aber wenn man dort auf dem Lande einen Bauer fragt unterwegs: ›Wie weit ist es bis ins Dorf?‹ – ›un' mezz' ora‹, sagt er. Und der Nächste dasselbe und der Dritte auch, wie auf Verabredung. Und man geht den ganzen Tag und ist immer noch nicht im Dorf. So ist es im Leben. Aber im Traum ist Alles ganz nah. Da hat man gar keine Angst.

Wir sind eigentlich für den Traum gemacht, wir haben gar nicht die Organe für das Leben, aber wir sind eben Fische, die durchaus fliegen wollen. Was ist da zu machen?«

Herr von Kranz sieht das ganz genau ein und stimmt zu: »Famos«, lacht er, »wirklich ganz famos. Das müssen Sie in Versen sagen, es verlohnt sich. Das ist ganz Ihre Eigenart –.« Dann geht er bald; er fühlt sich nicht behaglich bei solchen Gesprächen und kommt immer seltener. Tragy ist ihm dankbar dafür. Er lebt jetzt wirklich im Traum und wird nicht gerne gestört; denn dann muß er den traurigen grauen Tag draußen anschauen und die fremde, feuchte Stube, die nicht warm werden will, und ist doch so verwöhnt jetzt durch Farben und Feste. Nur die Nächte sind schlecht und schrecklich. Da kommen ganz alte Qualen, die aus den vielen Fiebernächten der Kindheit stammen, über ihn und machen ihn matt: Stein ist unter seinen Gliedern, und in seine tastenden Hände drängt sich grauer Granit, kalt, hart, rücksichtslos. Sein armer heißer Körper bohrt sich in diesen Felsen, und seine Füße sind Wurzeln und saugen den Frost auf, der langsam durch die erstarrenden Adern steigt... Oder: das mit dem Fenster. Ein kleines Fenster hoch hinter dem Ofen. Hoch hinter dem Ofen ein kleines Fenster. Oh, wie man es auch sagt, es kann keiner begreifen, wie furchtbar dieses Fenster ist. Hinter dem Ofen ein Fenster, ich bitte. Ist es nicht entsetzlich zu denken, daß dahinter noch etwas ist. Eine Kammer? Ein Saal? Ein Garten? Wer weiß das? – »Wenn *das* nur nicht wiederkommt, Herr Doktor.«

»Wir sind nervös –«, lächelt der Arzt und ist im allgemeinen ganz zufrieden. »Wir dürfen uns nicht unnütz aufregen. Es ist ein kleines Fieber, mit dem werden wir schon fertig werden; und dann kräftig essen –«

Ewald lächelt hinter dem alten Herrn her. Er fühlt sich so krank, so von ganzem Herzen krank, und es paßt Alles so gut dazu. Diese trüben Traumtage, die sich so schwer an die Scheiben lehnen, und diese Stube, in der die Dämmerung wie alter Staub auf allen Dingen bleibt, und dieser feine welke Duft, der aus den Möbeln und aus den Dielen strömt, immer und immer.

Und manchmal läuten große Glocken irgendwo, die er früher nie gehört hat, und dann faltet er die Hände über der Brust und schließt die Augen und träumt, daß Kerzen brennen zu seinen Häupten, sieben hohe Kerzen mit ruhigen, roten Flammen, die wie Blüten stehn in dieser festlichen Traurigkeit.

Aber der alte Herr hat recht: Das Fieber vergeht, und Tragy trifft auf einmal das Träumen nicht mehr. Die ausgeruhte neue Kraft rührt sich ungeduldig in seinen Gliedern und treibt ihn aus dem Bett, fast gegen seinen Willen. Er spielt noch eine Weile Kranksein, aber gelegentlich findet er sich lächelnd, und aus keinem andern Grund, als weil ein Zufall den Wintertag einen Augenblick in die Sonne hält, so daß er glitzert und flimmert auf allen Seiten. Und das ist ein Symptom, dieses Lächeln.

Er soll noch nicht an die Luft, und so sitzt er denn in der Stube und wartet. Jetzt ist Alles geeignet, ihm Freude zu machen; jeder Laut, der von draußen kommt, wird wie ein fahrender Sänger empfangen und muß erzählen. Und einen Brief erhofft Tragy, irgendeinen Brief. Und daß Herr von Kranz einmal anpocht. Aber Tage gehen hin. Es schneit draußen ein, und der Lärm verliert sich im tiefen Schnee. Kein Brief, kein Besuch. Und die Abende sind ohne Ende. Tragy kommt sich vor wie einer, den man vergessen hat, und er beginnt unwillkürlich sich zu rühren, zu rufen, sich bemerkbar zu machen. Er schreibt: nachhause, an Herrn von Kranz, an alle, die ihm zufällig bekannt sind, ja er sendet sogar ein paar aus der Heimat mitgebrachte Anempfehlungsbriefe aus, die er bislang nicht benutzt hat, und erwartet, man werde mit Einladungen erwidern. Umsonst. Er bleibt vergessen. Er mag rufen und Zeichen geben. Seine Stimme reicht nirgends hin.

Und gerade in diesen Tagen ist sein Bedürfnis nach Teilnahme so groß; es wächst in ihm fort und wird ein ungestümer trockener Durst, der ihn nicht demütigt, sondern ihn bitter und trotzig macht. Er überlegt plötzlich, ob er nicht das, was er umsonst erbittet von aller Welt, fordern kann von irgendwem, wie ein Recht, wie eine alte Schuld, die man einzieht mit allen Mitteln, rücksichtslos. Und er verlangt von seiner Mutter: »Komm, gib mir, was mir gehört.«

Das wird ein langer, langer Brief, und Ewald schreibt weit in die Nacht hinein, immer rascher und mit immer heißeren Wangen. Er hat damit begonnen, eine Pflicht zu fordern und, ehe er es weiß, bittet er um eine Gnade, um ein Geschenk, um Wärme und Zärtlichkeit. »Noch ist es Zeit –«, schreibt er, »noch bin ich weich und kann wie Wachs sein in Deinen Händen. Nimm mich, gib mir eine Form, mach mich fertig ...«

Es ist ein Schrei nach Mütterlichkeit, der weit über ein

Weib hinausreicht, bis zu jener ersten Liebe hin, in welcher der Frühling froh und sorglos wird. Diese Worte gehen niemandem mehr entgegen, mit ausgebreiteten Armen stürmen sie in die Sonne hinein. – Und so ist es gar nicht erstaunlich, wenn Tragy zum Schluß erkennt, daß es niemanden gibt, dem er diesen Brief schicken kann, und daß niemand ihn verstünde, am wenigsten diese schlanke nervöse Dame. Sie ist ja stolz, daß man sie ›Fräulein‹ nennt in der Fremde, denkt Ewald und weiß: Man muß den Brief rasch verbrennen.

Er wartet.

Aber der Brief verbrennt ganz langsam in lauter kleinen zitternden Flammen.

Der Drachentöter

Es war ein schönes und fruchtbares Land mit Wäldern, Feldern, Flüssen, Straßen und Städten. Ein König war darüber gesetzt von Gott, ein Greis, älter und stolzer als alle Könige, von denen man je Glaubwürdiges gehört hat. Dieses Königs einziges Kind war ein Mädchen von großer Jugend, Sehnsucht und Schönheit. Der König war verwandt mit allen Thronen der Nachbarschaft, seine Tochter aber war noch ein Kind und allein, wie ohne alle Verwandtschaft. Gewiß war ihre Sanftmut und Milde und die Macht ihres unerwachten stillen Angesichtes die unschuldige Ursache jenes Drachens, welcher, je mehr sie emporwuchs und aufblühte, desto näher heranschlich und sich endlich im Walde vor der schönsten Stadt des Landes, wie der Schrecken selber, niederließ; denn es bestehen geheime Beziehungen zwischen dem Schönen und dem Schrecklichen, an einer bestimmten Stelle ergänzen sich beide wie das lachende Leben und der nahe tägliche Tod.

Damit ist nicht gesagt, daß der Drache der jungen Dame feindlich war, wie ja auch niemand auf Ehre und Gewissen sagen kann, ob der Tod des Lebens Widersacher ist. Vielleicht hätte das große kochende Tier sich wie ein Hund neben dem schönen Mädchen niedergelegt und es wäre vielleicht nur durch die Abscheulichkeit der eigenen Zunge abgehalten worden, die lieblichsten Hände in tierischer Demut zu liebkosen. Aber man ließ es natürlich auf eine Probe nicht ankommen, zumal der Drache gegen alle, die zufällig in den Kreis seiner Kraft traten, erbarmungslos war und, einem sichtbaren Tode vergleichbar, alles, Kinder und Herden nicht ausgenommen, ergriff und behielt.

Der König wird es zuerst mit hoher Befriedigung vermerkt haben, daß diese Not und Gefahr viele Jünglinge seines Landes zu Männern machte. Diese jungen Leute aus allen Ständen, Adelige, Priesterschüler und Knechte, zogen aus wie in ein fremdes, fernes Land, hatten das Heldentum einer einzigen, heißen, atemlosen Stunde, in der sie Leben und Tod hatten und Hoffnung und Angst und alles – wie im Traum. Schon nach einigen Wochen fiel es keinem mehr ein, diese kühnen Söhne zu zählen und ihre Namen irgendwo aufzuzeichnen. Denn in solchen bangen Tagen gewöhnt sich das Volk auch an Helden; sie sind dann nichts Unerhörtes mehr. Das Gefühl, die Furcht, der Hunger von Tausenden schreit nach ihnen, und sie sind da, wie eine Notwendigkeit, wie Brot, von jenen letzten Gesetzen bedingt, die auch in den Zeiten des Unheils nicht aufhören zu wirken.

Als aber die Zahl derer, welche sich nach hoffnungsloser Gegenwehr opferten, immer noch wuchs, als fast in jeder Familie des Landes der beste Sohn (und oft noch in knabenhafter Jugend) gefallen war, da begann der König mit Recht zu fürchten, daß alle Erstlinge seines Landes zugrunde gehen könnten und daß zu viele junge Mädchen eine jungfräuliche Witwenschaft auf sich nehmen müßten für die langen Jahre eines kinderlosen Frauenlebens. Und er versagte seinen Untertanen den Kampf. Fremden Kaufleuten aber, die in namenlosem Entsetzen aus dem heimgesuchten Lande flohen, gab er eine Kunde mit, welche Könige, in ähnlicher Lage, seit alten Zeiten verbreiten ließen: wem es gelänge, das arme Land von diesem großen Tode zu befreien, der sollte die Hand der Königstochter erhalten, mag er von Adel sein oder eines Henkers letzter Sohn.

Und es zeigte sich, daß auch die Fremde voller Helden war, und daß der hohe Preis seine Wirkung nicht verfehlte. Die Fremden waren aber nicht glücklicher als die Einheimischen: sie kamen nur, um zu sterben.

In der Tochter des Königs ging in diesen Tagen eine Veränderung vor; wenn ihr Herz bis jetzt, von der Trauer und dem Verhängnis des Landes bedrückt, den Untergang des Untiers erflehte, so verbündete sich nun, da sie einem starken Unbekannten zugesprochen war, ihr naives Gefühl dem Bedränger, dem Drachen, und es kam so weit, daß sie in der Aufrichtigkeit des Traumes Gebete zu seinen Gunsten erfand und von heiligen Frauen verlangte, daß sie das Ungeheuer in ihren Schutz nehmen sollten.

Eines Morgens, als sie aus solchen Träumen voll Scham erwachte, kam ein Gerücht zu ihr, das sie erschreckte und verwirrte. Man erzählte sich von einem jungen Menschen, der – Gott weiß woher – zum Kampfe gekommen war, und dem es allerdings nicht gelang, den Drachen zu töten, wohl aber wund und blutend aus den Klauen des gräßlichen Feindes sich loszureißen und in den dichtesten Wald sich zu verkriechen. Dort fand man den Bewußtlosen, kalt in seiner kalten eisernen Schale, und brachte ihn in ein Haus, wo er nun in tiefem Fieber lag, mit heißem Blut hinter den brennenden Verbänden.

Als das junge Mädchen diese Nachricht vernahm, wäre sie gerne, wie sie war, in ihrem Hemde von weißer Seide, durch die Straßen gelaufen, um an dem Lager des

Todkranken zu sein. Aber als die Kammermädchen sie angekleidet hatten, und sie ihr wunderschönes Kleid und ihr trauriges Gesicht in den vielen Spiegeln des Schlosses gehen und kommen sah, da verließ sie der Mut, so Ungewöhnliches zu wagen. Sie brachte es nicht einmal über sich, irgendeine verschwiegene Dienerin in das Haus zu senden, darin der fremde Kranke lag, um ihm eine Linderung zu schaffen, feine Leinwand oder eine sanfte Salbe.

Aber es war eine Unruhe in ihr, die sie beinahe krank machte. Bei Einbruch der Nacht saß sie lange am Fenster und suchte das Haus zu erraten, in dem der fremde Mann starb. Denn, daß er starb, schien ihr selbstverständlich. Nur *Eine* hätte ihn vielleicht retten können, aber diese Eine war viel zu feige, ihn zu suchen. Dieser Gedanke, daß das Leben des wunden Helden in ihre Hand gegeben sei, verließ sie nicht mehr. Dieser Gedanke stieß sie endlich nach dem dritten Tage, den sie so in Qualen und Selbstvorwürfen verbracht hatte, in die Nacht hinaus, in eine schwarze, bange, regnende Frühlingsnacht, in der sie herumirrte, wie in einem dunklen Zimmer. Sie wußte nicht, woran sie das Haus erkennen würde, das sie suchte. Aber sie erkannte es ohneweiters an einem Fenster, das weit offen stand, an einem Licht, das drinnen im Zimmer brannte, einem langen seltsamen Licht, bei dem niemand lesen oder schlafen konnte. Und langsam ging sie an dem Hause vorbei, hilflos, arm, versunken in die erste Traurigkeit ihres Lebens. Sie ging weiter und weiter. Der Regen hatte aufgehört; über losen Wolkenstreifen standen einzelne große Sterne, und irgendwo in einem Garten sang eine Nachtigall den Anfang ihrer Strophe, die sie noch nicht vollenden konnte.

Sie hob immer wieder fragend an, und ihre Stimme war groß und gewaltig aus der Stille gewachsen, wie die Stimme eines Riesenvogels, dessen Nest auf den Wipfeln von neun Eichen ruht.

Als die Prinzessin endlich die Blicke, in denen Tränen standen, von ihrem langen Wege erhob, sah sie einen Wald und einen Streifen Morgen dahinter. Und vor diesem Streifen hob sich etwas Schwarzes ab, das sich zu nähern schien. Es war ein Reiter. Unwillkürlich drückte sie sich in das dunkle, nasse Gebüsch. Er ritt langsam an ihr vorbei, und sein Pferd war schwarz von Schweiß und bebte. Und er selbst schien zu zittern: alle Ringe seines Panzers klangen leise aneinander. Sein Haupt war ohne Helm, seine Hände waren bloß, sein Schwert hing schwer und müde herab. Sie sah sein Gesicht im Profil; es war heiß, mit verwehtem Haar.

Sie sah ihm nach, lange. Sie wußte: er hat den Drachen getötet. Und ihre Traurigkeit fiel ihr ab. Sie war kein verirrtes, verlorenes Ding mehr in dieser Nacht. Sie gehörte ihm, diesem fremden, zitternden Helden, sie war sein Besitz, als ob sie eine Schwester seines Schwertes wäre.

Und sie eilte nach Hause, um ihn zu erwarten. Sie kam unbemerkt in ihre Gemächer, und sobald es anging, weckte sie die Kammermädchen und ließ sich das schönste ihrer Kleider bringen. Während man es ihr anzog, erwachte die Stadt zu lauter Freude. Die Menschen jubelten und die Glocken überschlugen sich fast in den Türmen. Und die Prinzessin, die diesen Lärm hörte, wußte plötzlich, daß er nicht kommen würde. Sie versuchte, sich ihn vorzustellen, umwogt von der lauten Dankbarkeit der Menge: sie vermochte es nicht. Fast ängstlich suchte sie sich das Bild des einsamen Helden, des Zitternden, zu erhalten, wie sie ihn gesehen hatte. Als ob es wichtig wäre für ihr Leben, das nicht zu vergessen. Und dabei war ihr so festlich zu Mut, daß sie, obwohl sie wußte, daß niemand kommen würde, die Kammermädchen, die sie schmückten, nicht unterbrach. Sie ließ sich Smaragden und Perlen ins Haar verflechten, das sich, zum größten Erstaunen der Dienerinnen, feucht anfühlte. Die Prinzessin war fertig. Sie lächelte den Kammermädchen zu und ging, etwas bleich, an den Spiegeln vorbei, im Geräusche ihrer weißen Schleppe, die weit hinter ihr herkam.

Der greise König aber saß, ernst und würdig, im hohen Thronsaal. Die alten Paladine des Reiches standen um ihn und glänzten. Er wartete auf den fremden Helden, den Befreier.

Der aber ritt schon weit von der Stadt, und es war ein Himmel voll Lerchen über ihm. Hätte ihn jemand an den Preis seiner Tat erinnert, vielleicht wäre er lachend umgekehrt; er hatte ihn ganz vergessen.

Die Turnstunde

In der Militärschule zu Sankt Severin. Turnsaal. Der Jahrgang steht in den hellen Zwillichblusen, in zwei Reihen geordnet, unter den großen Gaskronen. Der Turnlehrer, ein junger Offizier mit hartem braunen Gesicht und höhnischen Augen, hat Freiübungen kommandiert und verteilt nun die Riegen. »Erste Riege Reck, zweite Riege Barren, dritte Riege Bock, vierte Riege Klettern! Abtreten!« Und rasch, auf den leichten, mit Kolophonium isolierten Schuhen, zerstreuen sich die Knaben. Einige bleiben mitten im Saale stehen, zögernd, gleichsam unwillig. Es ist die vierte Riege, die schlechten Turner, die keine Freude haben an der Bewegung bei den Geräten und schon müde sind von den zwanzig Kniebeugen und ein wenig verwirrt und atemlos.

Nur Einer, der sonst der Allerletzte blieb bei solchen Anlässen, Karl Gruber, steht schon an den Kletterstangen, die in einer etwas dämmerigen Ecke des Saales, hart vor den Nischen, in denen die abgelegten Uniformröcke hängen, angebracht sind. Er hat die nächste Stange erfaßt und zieht sie mit ungewöhnlicher Kraft nach vorn, so daß sie frei an dem zur Übung geeigneten Platze schwankt. Gruber läßt nicht einmal die Hände von ihr, er springt auf und bleibt, ziemlich hoch, die Beine ganz unwillkürlich im Kletterschluß verschränkt, den er sonst niemals begreifen konnte, an der Stange hängen. So erwartet er die Riege und betrachtet – wie es scheint – mit besonderem Vergnügen den erstaunten Ärger des kleinen polnischen Unteroffiziers, der ihm zuruft, abzuspringen. Aber Gruber ist diesmal sogar ungehorsam und Jastersky, der blonde Unteroffizier, schreit endlich: »Also, entweder Sie kommen herunter oder Sie klettern hinauf, Gruber! Sonst melde ich dem Herrn Oberlieutenant...« Und da beginnt Gruber, zu klettern, erst heftig mit Überstürzung, die Beine wenig aufziehend und die Blicke aufwärts gerichtet, mit einer gewissen Angst das unermeßliche Stück Stange abschätzend, das noch bevorsteht. Dann verlangsamt sich seine Bewegung; und als ob er jeden Griff genösse, wie etwas Neues, Angenehmes, zieht er sich höher, als man gewöhnlich zu klettern pflegt. Er beachtet nicht die Aufregung des ohnehin gereizten Unteroffiziers, klettert und klettert, die Blicke immerfort aufwärts gerichtet, als hätte er einen Ausweg in der Decke des Saales entdeckt und strebte danach, ihn zu erreichen. Die ganze Riege folgt ihm mit den Augen. Und auch aus den anderen Riegen richtet man schon da und dort die Aufmerksamkeit auf den Kletterer, der sonst kaum das erste Dritteil der Stange keuchend, mit rotem Gesicht und bösen Augen erklomm. »Bravo, Gruber!« ruft jemand aus der ersten Riege herüber. Da wenden viele ihre Blicke aufwärts, und es wird eine Weile still im Saal, – aber gerade in diesem Augenblick, da alle Blicke an der Gestalt Grubers hängen, macht er hoch oben unter der Decke eine Bewegung, als wollte er sie abschütteln; und da ihm Das offenbar nicht gelingt, bindet er alle diese Blicke oben an den nackten eisernen Haken und saust die glatte Stange herunter, so daß alle immer noch hinaufsehen, als er schon längst, schwindelnd und heiß, unten steht und mit seltsam glanzlosen Augen in seine glühenden Handflächen schaut. Da fragt ihn der eine oder der andere der ihm zunächst stehenden Kameraden, was denn heute in ihn gefahren sei. »Willst wohl in die erste Riege kommen?« Gruber lacht und scheint etwas antworten zu wollen, aber er überlegt es sich und senkt schnell die Augen. Und dann, als das Geräusch und Getöse wieder seinen Fortgang hat, zieht er sich leise in die Nische zurück, setzt sich nieder, schaut ängstlich um sich und holt Atem, zweimal rasch, und lacht wieder und will was sagen... aber schon achtet niemand mehr seiner. Nur Jerome, der auch in der vierten Riege ist, sieht, daß er wieder seine Hände betrachtet, ganz darüber gebückt wie einer, der bei wenig Licht einen Brief entziffern will. Und er tritt nach einer Weile zu ihm hin und fragt: »Hast du dir weh getan?« Gruber erschrickt. »Was?« macht er mit seiner gewöhnlichen, in Speichel watenden Stimme. »Zeig mal!« Jerome nimmt die eine Hand Grubers und neigt sie gegen das Licht. Sie ist am Ballen ein wenig abgeschürft. »Weißt du, ich habe etwas dafür«, sagt Jerome, der immer Englisches Pflaster von zu Hause geschickt bekommt, »komm dann nachher zu mir.« Aber es ist, als hätte Gruber nicht gehört; er schaut geradeaus in den Saal hinein, aber so, als sähe er etwas Unbestimmtes, vielleicht nicht im Saal, draußen vielleicht, vor den Fenstern, obwohl es dunkel ist, spät und Herbst.

In diesem Augenblick schreit der Unteroffizier in seiner hochfahrenden Art: »Gruber!« Gruber bleibt unverändert, nur seine Füße, die vor ihm ausgestreckt sind, gleiten, steif und ungeschickt, ein wenig auf dem glatten Parkett vorwärts. »Gruber!« brüllt der Unteroffizier und die Stimme schlägt ihm über. Dann wartet er eine Weile und sagt rasch und heiser, ohne den Gerufenen anzusehen: »Sie melden sich nach der Stunde. Ich werde Ihnen schon ...« Und die Stunde geht weiter. »Gruber«, sagt Jerome und neigt sich zu dem Kameraden, der sich immer tiefer in die Nische zurücklehnt, »es war schon wieder an dir, zu klettern, auf dem Strick, geh mal, versuchs, sonst macht dir der Jastersky irgend eine Geschichte, weißt du ...« Gruber nickt. Aber statt aufzustehen, schließt er plötzlich die Augen und gleitet unter den Worten Jeromes durch, als ob eine Welle ihn trüge, fort, gleitet langsam und lautlos tiefer, tiefer, gleitet vom Sitz, und Jerome weiß erst, was geschieht, als er hört, wie der Kopf Grubers hart an das Holz des Sitzes prallt und dann vornüberfällt... »Gruber!« ruft er heiser. Erst merkt es niemand. Und Jerome steht ratlos mit hängenden Händen und ruft: »Gruber, Gruber!« Es fällt ihm nicht ein, den anderen aufzurichten. Da erhält er einen Stoß, jemand sagt ihm: »Schaf«, ein anderer schiebt ihn fort, und er sieht, wie sie den Reglosen aufheben. Sie tragen ihn vorbei, irgend wohin, wahrscheinlich in die Kammer nebenan. Der Oberlieutenant springt herzu. Er gibt mit harter, lauter Stimme sehr kurze Befehle. Sein Kommando schneidet das Summen der vielen schwatzenden Knaben scharf ab. Stille. Man sieht nur da und dort noch Bewegungen, ein Ausschwingen am Gerät, einen leisen Absprung, ein verspätetes Lachen von einem, der nicht weiß, um was es sich handelt. Dann hastige Fragen: »Was? Was? Wer? Der Gruber? Wo?« Und immer mehr Fragen. Dann sagt jemand laut: »Ohnmächtig.« Und der Zugführer Jastersky läuft mit rotem Kopf hinter dem Oberlieutenant her und schreit mit seiner boshaften Stimme, zitternd vor Wut: »Ein Simulant, Herr Oberlieutenant, ein Simulant!« Der Oberlieutenant beachtet ihn gar nicht. Er sieht geradeaus, nagt an seinem Schnurrbart, wodurch das harte Kinn noch eckiger und energischer vortritt, und gibt von Zeit zu Zeit eine knappe Weisung. Vier Zöglinge, die Gruber tragen, und der Oberlieutenant verschwinden in der Kammer. Gleich darauf kommen die vier Zöglinge zurück. Ein Diener läuft durch den Saal. Die vier werden groß angeschaut und mit Fragen bedrängt: »Wie sieht er aus? Was ist mit ihm? Ist er schon zu sich gekommen?« Keiner von ihnen weiß eigentlich was. Und da ruft auch schon der Oberlieutenant herein, das Turnen möge weitergehen, und übergibt dem Feldwebel Goldstein das Kommando. Also wird wieder geturnt, beim Barren, beim Reck, und die kleinen dicken Leute der dritten Riege kriechen mit weitgekretschten Beinen über den hohen Bock. Aber doch sind alle Bewegungen anders als vorher; als hätte ein Horchen sich über sie gelegt. Die Schwingungen am Reck brechen so plötzlich ab und am Barren werden nur lauter kleine Übungen gemacht. Die Stimmen sind weniger verworren und ihre Summe summt feiner, als ob alle immer nur ein Wort sagten: »*Ess, Ess, Ess* …« Der kleine schlaue Krix horcht inzwischen an der Kammertür. Der Unteroffizier der zweiten Riege jagt ihn davon, indem er zu einem Schlage auf seinen Hintern ausholt. Krix springt zurück, katzenhaft, mit hinterlistig blitzenden Augen. Er weiß schon genug. Und nach einer Weile, als ihn niemand betrachtet, gibt er dem Pawlowitsch weiter: »Der Regimentsarzt ist gekommen.« Nun, man kennt ja den Pawlowitsch; mit seiner ganzen Frechheit geht er, als hätte ihm irgendwer einen Befehl gegeben, quer durch den Saal von Riege zu Riege und sagt ziemlich laut: »Der

Regimentsarzt ist drin.« Und es scheint, auch die Unteroffiziere interessieren sich für diese Nachricht. Immer häufiger wenden sich die Blicke nach der Tür, immer langsamer werden die Übungen; und ein Kleiner mit schwarzen Augen ist oben auf dem Bock hocken geblieben und starrt mit offenem Mund nach der Kammer. Etwas Lähmendes scheint in der Luft zu liegen. Die Stärksten bei der ersten Riege machen zwar noch einige Anstrengungen, gehen dagegen an, kreisen mit den Beinen; und Pombert, der kräftige Tiroler, biegt seinen Arm und betrachtet seine Muskeln, die sich durch den Zwillich hindurch breit und straff ausprägen. Ja, der kleine, gelenkige Baum schlägt sogar noch einige Armwellen, – und plötzlich ist diese heftige Bewegung die einzige im ganzen Saal, ein großer flimmernder Kreis, der etwas Unheimliches hat inmitten der allgemeinen Ruhe. Und mit einem Ruck bringt sich der kleine Mensch zum Stehen, läßt sich einfach unwillig in die Knie fallen und macht ein Gesicht, als ob er alle verachte. Aber auch seine kleinen stumpfen Augen bleiben schließlich an der Kammertür hängen.

Jetzt hört man das Singen der Gasflammen und das Gehen der Wanduhr. Und dann schnarrt die Glocke, die das Stundenzeichen gibt. Fremd und eigentümlich ist heute ihr Ton; sie hört auch ganz unvermittelt auf, unterbricht sich mitten im Wort. Feldwebel Goldstein aber kennt seine Pflicht. Er ruft: »Antreten!« Kein Mensch hört ihn. Keiner kann sich erinnern, welchen Sinn dieses Wort besaß, – vorher. Wann vorher? »Antreten!« krächzt der Feldwebel böse und gleich schreien jetzt die anderen Unteroffiziere ihm nach: »Antreten!« Und auch mancher von den Zöglingen sagt wie zu sich selbst, wie im Schlaf: »Antreten! Antreten!« Aber im Grunde wissen alle, daß sie noch etwas abwarten müssen. Und da geht auch schon die Kammertür auf; eine Weile nichts; dann tritt Oberlieutenant Wehl heraus und seine Augen sind groß und zornig und seine Schritte fest. Er marschiert wie beim Defilieren und sagt heiser: »Antreten!« Mit unbeschreiblicher Geschwindigkeit findet sich alles in Reihe und Glied. Keiner rührt sich. Als wenn ein Feldzeugmeister da wäre. Und jetzt das Kommando: »Achtung!« Pause und dann, trocken und hart: »Euer Kamerad Gruber ist soeben gestorben. Herzschlag. Abmarsch!« Pause.

Und erst nach einer Weile die Stimme des diensttuenden Zöglings, klein und leise: »Links um! Marschieren: Compagnie, Marsch!« Ohne Schritt und langsam wendet sich der Jahrgang zur Tür. Jerome als der letzte. Keiner sieht sich um. Die Luft aus dem Gang kommt, kalt und dumpfig, den Knaben entgegen. Einer meint, es rieche nach Karbol. Pombert macht laut einen gemeinen Witz in Bezug auf den Gestank.

Niemand lacht. Jerome fühlt sich plötzlich am Arm gefaßt, so angesprungen. Krix hängt daran. Seine Augen glänzen und seine Zähne schimmern, als ob er beißen wollte. »Ich hab ihn gesehen«, flüstert er atemlos und preßt Jeromes Arm und ein Lachen ist innen in ihm und rüttelt ihn hin und her. Er kann kaum weiter: »Ganz nackt ist er und eingefallen und ganz lang. Und an den Fußsohlen ist er versiegelt…«

Und dann kichert er, spitz und kitzlich, kichert und beißt sich in den Ärmel Jeromes hinein.

Der Totengräber

In San Rocco war der alte Totengräber gestorben. Es wurde täglich ausgerufen, daß die Stelle neu zu besetzen sei. Aber es vergingen drei Wochen, oder mehr, ohne daß jemand sich gemeldet hätte. Und da während dieser ganzen Zeit niemand starb in San Rocco, so schien die Sache auch nicht dringend zu sein, und man wartete ruhig ab. Wartete, bis an einem Abend im Mai der Fremde erschien, der das Amt übernehmen wollte. Gita, die Tochter des Podestà, war die erste, die ihn sah. Er trat aus dem Zimmer ihres Vaters (sie hatte ihn nicht kommen sehen) und kam gerade auf sie zu, als hätte er erwartet, ihr auf dem Gange, der dunkel war, zu begegnen.

»Bist du seine Tochter?« fragte er mit einer leisen Stimme, und legte ein fremdartiges Betonen auf jedes seiner Worte.

Gita nickte und ging neben dem Fremden her bis zu einem der tiefen Fenster, durch das von draußen der Glanz und die Stille der Gasse fiel, die im Abend lag. Dort besahen sie einander aufmerksam. Gita war so vertieft in den Anblick des fremden Mannes, daß ihr erst nachträglich einfiel, daß auch er, während aller dieser Minuten, als sie stand und ihn betrachtete, sie angesehen haben müsse. Er war hoch und schlank, und hatte ein schwarzes Reisekleid von fremdartigem Zuschnitt. Sein Haar war blond und er trug es, wie Edelleute es tragen. Er hatte überhaupt etwas von einem Edelmann an sich, er konnte Magister sein oder Arzt; wie merkwürdig, daß er Totengräber war. Und sie suchte unwillkürlich seine Hände. Er hielt sie ihr hin, beide, wie ein Kind.

»Es ist keine schwere Arbeit«, sagte er; und obwohl sie auf seine Hände sah, fühlte sie das Lächeln seiner Lippen, in dem sie stand wie in einem Sonnenstrahl.

Dann gingen sie zusammen bis vor das Tor des Hauses. Die Straße dämmerte schon.

»Ist es weit?« sagte der Fremde und sah die Häuser hinunter bis ans Ende der Gasse; sie war ganz leer.

»Nein, nicht sehr weit; aber ich will dich führen, denn du kannst den Weg nicht wissen, Fremder.«

»Weißt du ihn?« fragte der Mann ernst.

»Ich weiß ihn gut, ich habe ihn als kleines Kind schon gehen gelernt, weil er zur Mutter führt, die uns früh fortgenommen worden ist. Sie ruht dort draußen, ich will dir zeigen wo.«

Dann gingen sie wieder schweigend und ihre Schritte klangen wie *ein* Schritt in der Stille. Plötzlich sagte der Mann in Schwarz: »Wie alt bist du, Gita?«

»Sechzehn«, sagte das Kind und streckte sich ein wenig, »sechzehn, und mit jedem Tage ein wenig mehr.«

Der Fremde lächelte.

»Aber«, sagte sie und lächelte auch, »wie alt bist du?«

»Älter, älter als du, Gita, doppelt so alt, und mit jedem Tage viel, viel älter.«

Damit standen sie vor dem Tor des Kirchhofes.

»Dort ist das Haus, in dem du wohnen mußt, neben der Leichenkammer«, sagte das Mädchen und wies mit der Hand durch die Gitterstäbe des Tores an das andere Ende des Kirchhofes hin, wo ein kleines Haus stand, ganz mit Efeu bewachsen.

»So, so, hier ist es also«, nickte der Fremde und übersah langsam sein neues Land von einem Ende zum anderen. »Das war wohl ein alter Mann, der hier Totengräber war?« fragte er.

»Ja, ein sehr alter Mann. Er hat mit seiner Frau hier gewohnt, und die Frau war auch sehr alt. Sie ist gleich nach seinem Tod fortgezogen, ich weiß nicht wohin.«

Der Fremde sagte nur: »so« und schien an etwas ganz anderes zu denken. Und plötzlich wandte er sich an Gita: »Du mußt jetzt gehen, Kind, es ist spät geworden. Fürchtest du dich nicht allein?«

»Nein, ich bin immer allein. Aber du, fürchtest du dich nicht, hier draußen?«

Der Fremde schüttelte den Kopf und faßte die Hand des Mädchens und hielt sie mit leisem, sicherem Druck: »Ich bin auch immer allein –«, sagte er leise, und da flüsterte das Kind auf einmal atemlos: »Horch.« Und sie hörten beide eine Nachtigall, die in der Dornenhecke des Kirchhofes zu singen begann, und sie waren ganz umgeben von dem schwellenden Schall und wie überschüttet von dieses Liedes Sehnsucht und Seligkeit.

Am nächsten Morgen begann der neue Totengräber von San Rocco sein Amt. Er faßte es seltsam genug auf. Er schuf den ganzen Kirchhof um und machte einen großen Garten daraus. Die alten Gräber verloren ihre nachdenkliche Traurigkeit und verschwanden unter dem Blühen der Blumen und dem Winken der Ranken. Und drüben, jenseits des mittleren Weges, wo bisher leerer, ungepflegter Rasen gewesen war, bildete der Mann viele kleine Blumenbeete, den Gräbern auf der anderen Seite ähnlich, so, daß die beiden Hälften des Kirchhofes einander das Gleichgewicht hielten. Die Leute, welche aus der Stadt herauskamen, konnten ihre lieben Gräber gar nicht gleich wiederfinden, ja es geschah, daß irgend ein altes Mütterchen bei einem der leeren Beete an der rechten Wegseite kniete und weinte, ohne daß dieses greise Gebet deshalb ihrem Sohne verloren ging, der fern drüben unter hellen Anemonen lag. Aber die Leute von San Rocco, welche diesen Kirchhof sahen, litten nicht mehr so sehr unter dem schweren Tod. Wenn einmal jemand starb (und es traf meist alte Leute in diesem denkwürdigen Frühjahr), so mochte der Weg hinaus zwar immer noch recht lang und trostlos sein, draußen aber wurde es immer etwas wie ein kleines, stilles Fest. Blumen schienen von allen Seiten herbeizudrängen und sich so schnell über die dunkle Grube zu stellen, daß man meinen konnte, der schwarze Mund der Erde habe sich nur aufgetan, um Blumen zu sagen, tausend Blumen.

Gita sah alle diese Veränderungen; sie war fast immer draußen bei dem Fremden. Sie stand neben seiner Arbeit und stellte Fragen und er antwortete; der Rhythmus des Grabens war in ihren Gesprächen, die der Lärm des Spatens häufig unterbrach. »Weit, aus Norden«, sagte der Fremde auf eine Frage. »Von einer Insel«, und er bückte sich und raffte Unkraut zusammen, »vom Meer. Von einem anderen Meer. Einem Meer, das mit dem eueren (ich höre es manchmal atmen tief in der Nacht, obwohl es mehr als zwei Tagreisen entfernt ist) wenig gemein hat. Unser Meer ist grau und grausam, und es hat die Menschen, die daran wohnen, traurig und still gemacht. Im Frühling trägt es unendliche Stürme herüber, Stürme, in denen nichts wachsen kann, so daß der Mai ungenutzt vorübergeht, und im Winter friert es zu und macht alle zu Gefangenen, die auf den Inseln wohnen.«

»Wohnen viele auf den Inseln?«
»Nicht viele.«
»Auch Frauen?«
»Auch.«
»Und Kinder?«
»Ja, Kinder auch.«
»Und Tote?«
»Und sehr viel Tote; denn viele, viele bringt das Meer und legt sie in der Nacht an den Strand, und wer sie findet, erschrickt nicht, sondern nickt nur, nickt wie einer, der es längst weiß. Es gibt bei uns einen alten Mann, der hat von einer kleinen Insel zu erzählen gewußt, zu der das graue Meer so viel Tote brachte, daß den Lebenden kein Raum mehr blieb. Sie waren wie belagert von Leichen. Das ist vielleicht nur eine Geschichte und vielleicht irrt sich der alte Mann, der sie erzählt. Ich glaube sie nicht. Ich glaube, daß das Leben stärker ist als der Tod.«

Gita schwieg eine Weile. Dann sagte sie: »Und doch ist Mutter gestorben.«

Der fremde Mann hörte auf zu arbeiten und stützte sich auf den Spaten: »Ja, ich weiß auch eine Frau, die gestorben ist. Aber die wollte es.«

»Ja«, sagte Gita ernst, »ich kann mir denken, daß man es will.«

»Die meisten Menschen wollen es, und darum sterben auch die wenigen, welche leben wollen; sie werden mitgerissen, man fragt sie nicht. Ich bin weit in der Welt herumgekommen, Gita, ich habe mit vielen Menschen gesprochen und habe sie gefragt nach ihrem Herzen. Aber es war keiner unter ihnen, der nicht sterben wollte. Gesagt freilich, gesagt hat mancher das Gegenteil, und seine

Furcht hat ihn darin bestärkt; aber was sagen die Menschen nicht alles. Dahinter war ihr Wille, der Wille, der nicht spricht, und der fiel, fiel auf den Tod zu, wie die Frucht vom Baum. Da gibt es kein Aufhalten.«

So kam der Sommer. Und jeder neue Tag, der mit dem Erwachen der kleinen Vögel begann, fand Gita draußen bei dem fremden Mann aus Norden. Zu Hause warnte man sie, man tadelte sie, man versuchte Gewalt und Strafe an ihr, sie zurückzuhalten: es war alles umsonst. Gita fiel dem Fremden zu wie ein Erbteil. Einmal ließ ihn der Podestà rufen und das war ein gewaltiger Mann mit einer breiten drohenden Stimme. »Ihr habt ein Einsamkind, Messer Vignola«, sagte der Fremde auf alle Vorwürfe zu ihm, ruhig und indem er sich ein wenig verneigte. »Ich kann ihr nicht verwehren bei mir und in ihrer Mutter Nähe zu sein. Ich habe ihr nichts geschenkt, noch versprochen und mit keinem Wort hab ich sie jemals gerufen.« Das sagte er ehrerbietig und sicher und ging, da er es gesagt hatte; denn es war nichts hinzuzufügen.

Jetzt blühte der Garten draußen und dehnte sich aus in seinen vier Hecken und lohnte der Arbeit, die um ihn getan worden war. Und manchmal konnte man früher Feierabend machen und auf der kleinen Bank vor dem Hause sitzen und sehen, wie es auf eine leise und erhabene Art Abend wurde. Dann fragte Gita und der Fremde antwortete und zwischendurch hatten sie lange Schweigsamkeiten, in denen die Dinge zu ihnen redeten. »Heute will ich dir von einem Manne erzählen, wie ihm seine liebe Frau starb«, begann der Fremde einmal nach einem solchen Schweigen, und seine Hände zitterten, eine in der anderen. »Es war Herbst und er wußte, daß sie sterben würde. Die Ärzte sagten es; doch die hätten immerhin irren können; aber sie selbst, die Frau, sagte es lange vor ihnen. Und sie irrte nicht.«

»*Wollte* sie sterben?« fragte Gita, weil der Fremde eine Pause machte.

»Sie wollte, Gita. Sie wollte etwas anderes als leben. Es waren ihr immer zu viele um sie her, sie wollte allein sein. Ja, das wollte sie. Als Mädchen, da war sie nicht allein wie du; und als sie heiratete, da wußte sie, daß sie allein war; sie aber wollte allein sein und es nicht wissen.«

»War ihr Mann nicht gut?«

»Er war gut, Gita; denn er liebte sie und sie liebte ihn, und doch, Gita, berührten sie einander nicht. Die Menschen sind so furchtbar weit voneinander; und die, welche einander lieb haben, sind oft am weitesten. Sie werfen sich all das Ihrige zu und fangen es nicht, und es bleibt zwischen ihnen liegen irgendwo und türmt sich auf und hindert sie endlich noch, einander zu sehen und aufeinander zuzugehen. Aber ich wollte dir von der Frau erzählen, welche starb. Sie starb also. Es war am Morgen und der Mann, der nicht geschlafen hatte, saß bei ihr und sah wie sie starb. Sie richtete sich plötzlich auf und hob ihren Kopf und ihr Leben schien ganz in ihr Gesicht eingetreten und hatte sich dort versammelt und stand wie hundert Blumen in ihren Zügen. Und der Tod kam und riß es ab mit einem Griff, riß es heraus wie aus weichem Lehm und ließ ihr Angesicht weit ausgezogen, lang und spitz zurück. Ihre Augen standen offen und gingen immer wieder auf, wenn man sie schloß, wie Muscheln, in denen das Tier gestorben ist. Und der Mann, der es nicht ertragen konnte, daß Augen, die nicht sahen, offen standen, holte aus dem Garten zwei späte harte Rosenknospen und legte sie auf die Lider, als Last. Nun blieben die Augen zu und er saß und sah lange in das tote Gesicht. Und je länger er es ansah, desto deutlicher empfand er, daß noch leise Wellen von Leben an den Rand ihrer Züge heranspülten und sich langsam wieder zurückzogen. Er erinnerte sich dunkel, in einer sehr schönen Stunde dieses Leben auf ihrem Gesichte gesehen zu haben, und er wußte, daß es ihr heiligstes Leben sei, das, dessen Vertrauter er nicht geworden war. Der Tod hatte dieses Leben nicht aus ihr geholt; er hatte sich täuschen lassen von dem Vielen, das in ihre Züge getreten war; *das* hatte er fortgerissen, zugleich mit dem sanften Umriß ihrer Profile. Aber das andere Leben war noch in ihr; vor einer Weile war es bis an die stillen Lippen herangeflutet und jetzt trat es wieder zurück, floß lautlos nach innen und sammelte sich irgendwo über ihrem zersprungenen Herzen.

Und der Mann, der diese Frau geliebt hatte, hilflos geliebt, wie sie ihn, der Mann empfand eine unsagbare Sehnsucht, dieses Leben, welches dem Tod entgangen war, zu besitzen. War er nicht der Einzige, der es empfangen durfte, der Erbe ihrer Blumen und Bücher und der sanften Gewänder, welche nicht aufhörten nach ihrem Leibe zu duften. Aber er wußte nicht, wie er diese Wärme, die so unerbittlich aus ihren Wangen zurückfloß, festhalten, wie er sie fassen, womit er sie schöpfen sollte? Er suchte die Hand der Toten, die leer und offen, wie die Schale einer entkernten Frucht, auf der Decke lag; die Kälte dieser Hand war gleichmäßig und stumm und sie gab bereits völlig das Gefühl eines Dinges, welches eine Nacht im Tau gelegen hat, um dann in einem morgendlichen Wind rasch kalt und trocken zu werden. Da plötzlich bewegte sich etwas im Gesichte der Toten. Gespannt sah der Mann hin. Alles war still, aber auf einmal zuckte die Rosenknospe, die über dem linken Auge lag. Und der Mann sah, daß auch die Rose auf dem rechten Auge größer geworden war und immer noch größer wurde. Das Gesicht gewöhnte sich an den Tod, aber die Rosen gingen auf wie Augen, welche in ein anderes Leben schauten. Und als es Abend geworden war, Abend dieses lautlosen Tages, da trug der Mann zwei große, rote Rosen in der zitternden Hand ans Fenster. In ihnen, die vor Schwere schwankten, trug er ihr Leben, den Überfluß ihres Lebens, den auch er nie empfangen hatte.«

Der Fremde stützte den Kopf in die Hand und saß und schwieg. Als er sich rührte, fragte Gita:

»Und dann?«

»Dann ging er fort, ging, was hätte er sonst tun sollen? Aber er glaubte nicht an den Tod, glaubte nur, daß die Menschen nicht zu einander können, die Lebenden nicht und nicht die Toten. Und das ist ihr Elend, nicht, daß sie sterben.«

»Ja, das weiß ich auch schon, du, daß man nicht helfen kann«, sagte Gita traurig. »Ich habe ein kleines weißes Kaninchen gehabt, das ganz zahm war und nie sein konnte ohne mich. Und dann wurde es krank, der Hals schwoll ihm an, und es hatte Schmerzen wie ein Mensch. Und es sah mich an und bat, bat mit seinen kleinen Augen, hoffte, glaubte, daß ich helfen würde. Und endlich ließ es ab, mich anzusehen, und starb in meinem Schoß, wie allein, wie hundert Meilen von mir.«

»Man soll kein Tier an sich gewöhnen, Gita, das ist wahr. Man lädt eine Schuld auf sich damit, man verspricht und man kann nicht halten. Ein fortwährendes Versagen ist unser Teil bei diesem Verkehr. Und es ist bei den Menschen nicht anders, nur daß da immer beide schuldig werden, einer am anderen. Und *das* heißt, sich lieb haben: aneinander schuldig werden, nicht mehr, Gita, nicht *mehr.*«

»Ich weiß«, sagte Gita, »aber das ist viel.«

Und dann gingen sie zusammen, Hand in Hand auf dem Kirchhof umher und dachten nicht, daß es anders sein könnte, als es war.

Und doch wurde es anders. Es kam der August und ein Tag im August, da die Gassen der Stadt wie im Fieber waren, schwer, bang, ohne Wind. Der fremde Mann erwartete Gita an der Kirchhofstür, bleich und ernst.

»Ich habe einen bösen Traum gehabt, Gita«, rief er ihr zu. »Geh nach Hause und komm nicht wieder her, eh ich dich wissen lasse, daß du kommen sollst. Ich werde vielleicht viel Arbeit haben jetzt. Leb wohl.«

Sie aber warf sich ihm an die Brust und weinte. Und er ließ sie weinen, so lange sie wollte, und sah ihr lange nach, als sie ging. Er hatte sich nicht geirrt; es begann ernsthafte Arbeit. Täglich kamen jetzt zwei oder drei Leichenzüge heraus. Viele Bürger folgten ihnen; es waren reiche und festliche Begräbnisse, bei denen Weihrauch und Gesang nicht fehlten. Der Fremde aber wußte, was noch niemand ausgesprochen hatte: Die Pest war in der Stadt. Die Tage wurden immer heißer und stechender unter den tödlichen

Himmeln, und die Nächte kamen und kühlten nicht. Und Entsetzen und Angst legte sich auf die Hände derer, die ein Handwerk trieben, und auf die Herzen derjenigen, welche liebten – und lähmte sie. Und es war eine Stille in den Häusern, wie am größten Feiertag, oder wie mitten in der Nacht. Aber die Kirchen waren erfüllt von verstörten Gesichtern. Und plötzlich begannen die Glocken zu läuten, alle, fuhren auf, brachen in Klänge aus: als hätten wilde Tiere die Glockenstricke angesprungen und sich verbissen in ihnen: so läuteten sie, atemlos.

In diesen schrecklichen Tagen war der Totengräber der Einzige, der arbeitete. Seine Arme erstarkten bei den größeren Anforderungen seines Amtes, und es war sogar eine gewisse Frohheit in ihm, die Frohheit seines Blutes, welches sich rascher bewegte.

Aber eines Morgens, als er nach kurzem Schlaf erwachte, stand Gita vor ihm. »Bist du krank?«

»Nein, nein.« Und er begriff erst allmählich, was sie, hastig und verworren, sprach.

Sie sagte, die Leute von San Rocco seien unterwegs, gegen ihn. Sie wollten ihn töten, denn »du, sagen sie, hast die Pest heraufbeschworen. Du hast auf der leeren Seite des Kirchhofes, wo nichts war, Hügel gemacht, Gräber, sagen sie, und hast die Leichen gerufen mit diesen Gräbern. Flieh, flieh!« bat Gita und warf sich in die Knie, heftig, als stürzte sie von der Höhe eines Turmes. Und auf dem Wege war schon ein dunkler Haufen zu sehen, der schwoll und näher kam. Staub voran. Und aus dem dumpfen Gemurmel der Menge lösen sich schon einzelne Worte und drohen. Und Gita springt auf und fällt wieder in die Knie und will den Fremden mit sich ziehen.

Er aber steht wie aus Stein, steht und befiehlt ihr, hineinzugehen in sein Haus und zu warten. Sie gehorcht. Sie hockt im Haus hinter der Tür, und das Herz klopft ihr im Hals und in den Händen, überall.

Da kommt ein Stein, wieder ein Stein; man hört sie beide in die Hecke schlagen. Gita erträgt es nicht mehr. Sie reißt die Türe auf und läuft, läuft gerade auf den dritten Stein zu, der ihr die Stirne zerschlägt. Der Fremde fängt sie auf, wie sie fällt, und trägt sie hinein in sein kleines, dunkles Haus. Und das Volk johlt und ist schon ganz nahe an der niedrigen Hecke, die es nicht aufhalten wird. Aber da geschieht etwas Unerwartetes, Furchtbares. Der kleine Schreiber mit dem Kahlkopf, Theophilo, hängt sich plötzlich an seinen Nachbar, den Schmied aus der Gasse vicolo S^{ma} Trinità. Er taumelt und seine Augen verdrehen sich auf eine seltsame Art. Und zugleich beginnt in der dritten Reihe ein Knabe zu schwanken und hinter ihm schreit eine Frau, eine Schwangere, auf, schreit, schreit, und alle kennen diesen Schrei und jagen auseinander, wahnsinnig vor Angst. Der Schmied, ein großer starker Mann, zittert und schüttelt den Arm, an dem der Schreiber gehangen hat, als wollte er ihn von sich schleudern, schüttelt und schüttelt.

Und drinnen im Hause kommt Gita, die auf dem Bette liegt, noch einmal zu sich und horcht.

»Sie sind fort«, sagt der Fremde, der über sie gebeugt ist. Sie kann ihn nicht mehr sehen, aber sie tastet leise über sein gesenktes Gesicht, um doch noch einmal zu wissen, wie es war. Ihr ist, als hätten sie lange zusammen gelebt, der Fremde und sie, Jahre und Jahre.

Und plötzlich sagt sie: »Die Zeit macht es nicht, nicht wahr?«

»Nein«, sagt er, »Gita, die Zeit macht es nicht.« Und er weiß, was sie meint. So stirbt sie.

Und er gräbt ihr ein Grab am Ende des Mittelweges, in dem reinen glänzenden Kies. Und der Mond kommt und es ist, als ob er in Silber grübe. Und er legt sie hinein auf Blumen und deckt sie mit Blumen zu. »Du Liebe«, sagt er und steht eine Weile still. Aber gleich darauf, als hätte er Angst vor dem Stillestehen und vor dem Nachdenken, beginnt er zu arbeiten. Sieben Särge stehen noch unbeerdigt; man hat sie im Laufe des letzten Tages heraus gebracht. Ohne viel Gefolge, obwohl in dem einen, besonders breiten Eichensarg Gian-Battista Vignola liegt, der Podestà.

Alles ist anders geworden. Würden gelten nicht mehr. Statt eines Toten mit vielen Lebenden, kommt jetzt immer *ein* Lebender und bringt auf seinem Karren drei, vier Särge mit. Der rote Pippo, der das zu seinem Geschäft gemacht hat. Und der Fremde mißt, wie viel Raum er noch hat. Raum für etwa fünfzehn Gräber. Und so beginnt er seine Arbeit, und zuerst ist sein Spaten die einzige Stimme in der Nacht. Bis man wieder das Sterben hört aus der Stadt. Denn jetzt hält sich keiner mehr zurück; es ist kein Geheimnis mehr. Wen die Krankheit packt oder auch nur die Angst davor, der schreit und schreit und schreit, bis es zu Ende ist. Mütter fürchten sich vor ihren Kindern, keiner erkennt mehr den anderen, wie in ungeheurer Dunkelheit. Einzelne Verzweifelte halten Gelage und werfen die trunkenen Dirnen, wenn sie zu taumeln beginnen, aus den Fenstern hinaus, in Angst, die Krankheit könnte sie ergriffen haben.

Aber der Fremde draußen gräbt ruhig fort. Er hat das Gefühl: so lang er Herr ist hier, in diesen vier Hecken, so lang er hier ordnen kann und bauen, und wenigstens außen, wenigstens durch Blumen und Beete, diesem wahnwitzigen Zufall einen Sinn geben und ihn mit dem Land ringsherum versöhnen und in Einklang bringen kann, so lange hat der andere nicht Recht, und es kann ein Tag kommen, wo er – der andere – müd wird, nachgibt. Und zwei Gräber sind schon fertig. Aber da kommt es: Lachen, Stimmen, und ein Wagen knarrt. Der Wagen ist über und über mit Leichen beladen. Und der rote Pippo hat Genossen gefunden, die ihm helfen. Und sie greifen blind und gierig hinein in den Überfluß und zerren einen heraus, der sich zu wehren scheint, und schleudern ihn über die Hecke auf den Kirchhof. Und wieder einen. Der Fremde schafft ruhig weiter. Bis ihm der Körper eines jungen Mädchens, nackt und blutig, mit mißhandeltem Haar, vor die Füße fällt. Da droht der Totengräber hinaus in die Nacht. Und er will wieder an seine Arbeit gehen. Aber die trunkenen Bursche sind nicht aufgelegt, sich befehlen zu lassen. Immer wieder taucht der rote Pippo auf, hebt die flache Stirne und wirft einen Körper über die Hecke. So stauen sich die Leichen um den ruhigen Arbeiter auf. Leichen, Leichen, Leichen. Schwerer und schwerer geht der Spaten. Die Hände der Toten selbst scheinen sich wehrend darauf zu legen. Da hält der Fremde an. Auf seiner Stirne steht Schweiß. In seiner Brust ringt etwas. Dann tritt er näher an die Hecke heran, und als wieder Pippos roter, runder Kopf sich hebt, schwingt er mit weitem Ausholen den Spaten, fühlt wie er trifft und sieht noch, daß er schwarz und naß ist, wie er ihn zurückzieht. Er wirft ihn in weitem Bogen fort, und senkt die Stirn. Und so geht er langsam aus seinem Garten, in die Nacht: ein Besiegter. Einer, der zu früh gekommen ist, viel zu früh.

Nachwort

Rilke hat sich im Laufe seines Lebens mehr und mehr und von 1910 an beinahe ausschließlich dem lyrischen Schaffen gewidmet. Sein Ruhm als Dichter beruht daher auch mit einem gewissen Recht auf seinen großen lyrischen Werken: *Das Stunden-Buch*, *Das Buch der Bilder*, *Neue Gedichte*, *Duineser Elegien*, *Die Sonette an Orpheus*. Aber Rilke hat auch ein umfangreiches Prosa-Werk hinterlassen und sogar eine ganze Reihe von Dramen. Dieser Teil seines Werkes gehört freilich beinahe ganz der Frühzeit an. Es sind für Rilkes Leben und Bildungsweg entscheidende Jahre, in die die private Vorbereitung auf das Abitur (1892-95) und der Beginn des Studiums in Prag (Wintersemester 95/96) fallen, die Übersiedlung nach München (Sommersemester 96), dann nach Berlin (Oktober 97), die großen russischen Reisen (1899 und 1900), der Umzug nach Westerwede (März 1901) und schließlich der Beginn seines Aufenthaltes in Paris (Ende August 1902). Der verspätet begonnenen Gymnasialzeit waren die Jahre auf den Militärschulen vorausgegangen (1885-1891) und die Monate auf der Linzer Handelsakademie (91/92).

Hinter diesen Daten und Orten stehen Begegnungen, Beziehungen, Abschiede, Pläne und aufgegebene oder gescheiterte Versuche, sich mit der Welt zu arrangieren, sich einzufügen in die vorgegebenen Ordnungen von Studium, Beruf und Familie. Gradlinig an dieser »exzentrischen Bahn« (Eudo C. Mason) ist allenfalls, dass sie sich von allem und aus allem wegbewegte, was die gesellschaftlichen Institutionen voraussetzen an Wertvorstellungen und Gewissheiten, und von allem, was diese vom Einzelnen an Zustimmung und Verzicht fordern. Wie immer man Rilkes Auflehnung gegen jede Form der Anpassung, seinen Widerstand gegen Konvention und Konformismus deutet, als »emanzipatorische Loslösung« (Joachim W. Storck), »sich selbst verabsolutierenden Anarchismus« (Rio Preisner) oder »unzeitgemäßen Autonomie-Wahn« (Andreas Freisfeld), die Gründe dafür sind in seiner Kindheit und frühen Jugend zu suchen, sind Beschädigungen und Entbehrungen und Leiden, die das Kind René hat ertragen müssen und an deren Aufarbeitung der Dichter sein Leben lang litt.

Rilke ist darum ein Dichter der Kindheit geworden, in seiner Lyrik und auch in seinem übrigen Werk. Von der »kleinen Elisabeth« (*Das Christkind*), dem »armen kleinen Willy« (*Die goldene Kiste*), »Tragy, dem Sohn« (*Ewald Tragy*), dem »Knaben« Karl Gruber (*Die Turnstunde*) bis zu dem »Einsamkind« Gita (*Der Totengräber*) und zu Malte Laurids Brigge und Abelone (*Die Aufzeichnungen des Malte Laurids Brigge*) lassen sich die Kinderschicksale und die Leiden der Söhne und Töchter verfolgen. Mit diesen Schicksalen und Leiden stehen die anderen großen Themen in enger Beziehung, wie deren Ursachen und deren Folgen: die Familienkonflikte, die Autoritätskrisen, die Glaubenszweifel, die Beziehungsnöte und Bindungsängste. Selbst die sozialen und nationalen Konflikte werden, soweit sie eingebracht sind in die Schicksale der handelnden oder (weit mehr) leidenden Menschen, zum Medium der Auseinandersetzung des Einzelnen gegen die ihn bedrohende Bevormundung durch andere (*Zwei Prager Geschichten*). Bei aller Polemik gegen die bürgerliche Lebensform, gegen vorgeprägte Handlungsmuster und selbst verlockende Festlegungen und bei aller Sympathie für die Abweichung, einen Ausweg aus dem Elend weist keine der Erzählungen und keines der Dramen, bzw. der Versuch einer Lösung (*Die Geschwister*) oder der Ansatz zu einem Ausgleich (*Das tägliche Leben*) ist jedenfalls selten. Die Gestalten kommen um wie Gerhard (*Einig*), Zdenko Wanka (*Die Geschwister*), Harald Malcorn (*Die Letzten*), Karl Gruber (*Die Turnstunde*), Gita (*Der Totengräber*), sie fliehen wie Ewald (*Ewald Tragy*), »vergessen« wie der Drachentöter oder vereinsamen wie Malte Laurids (*Die Aufzeichnungen des Malte Laurids Brigge*). Die Veränderung der Welt aber ist nicht vorgesehen. Genauer gesagt: die von Rilke intendierten Konfliktlösungen zielen nicht auf eine Veränderung der Welt, die nach eben den Kategorien funktionierte, die der Dichter für deren heillosen Zustand verantwortlich machte. Weil das so ist, überrascht dieses Werk immer von neuem durch die Radikalität seiner Positionen. So hat Rilke, statt die Neu- oder Umverteilung der Güter zu fordern, den »Sinn des Habens« (Karl Marx) selbst in Frage gestellt, die Armut zu einer Tugend verklärt, die unabhängig macht, frei und autonom. Man wird es dem Dichter nicht vorwerfen können, wenn das eine unpraktikable Utopie sein sollte. Eine Welt, in der Macht und Besitz überwunden wären, wäre eine radikal veränderte Welt im Sinne Rilkes geworden. Nicht anders als mit der »sozialen Frage« (Reinhold Grimm) und der »Armut« geht Rilke mit anderen zentralen Begriffen unserer Weltsicht um. Sie werden alle »in einer neuen Kirche getauft« (Erich Heller), erhalten neue Bedeutungen, werden nicht nur entleert, sondern unauffällig mit neuem Sinn gefüllt. Rilkes wiederholte Klage, dass der Dichter ein Missverstandener sei und ein Einsamer, hat hier eine ihrer tiefreichenden Wurzeln.

Man muss ebenso aufmerksam sein, wenn man Rilkes geduldige, aber gründliche Arbeit an der Sprache nicht übersehen will, denn er vollzog selbst seine subversivsten Umwertungen so sanft und so schonend wie der Drachentöter, der den wartenden König samt den »alten Paladine‹n› des Reiches« und den »Preis seiner Tat« bloß »vergessen« hat, die Einladung des Hofes umgeht (siehe S. 70). Der gutmütig und charmant inszenierte ›Lohnverzicht‹ des Drachentöters ist, genau besehen, eine ungeheuerliche Zumutung und doch zugleich ein gewinnend-utopisches Bild für die Unabhängigkeit eines Menschen von Rollenzwängen und von unbeweglich gewordenen Verhaltensmustern.

Der Drachentöter ist die letzte erzählerische Erfindung vor den *Aufzeichnungen des Malte Laurids Brigge*, die aus der Welt der Märchen in die Wirklichkeit einer modernen Metropole führen, in der die heroische Selbstverwirklichung des Einzelnen von der äußeren Gegenwart wie der erinnerten Vergangenheit bedroht ist. Und Rilke hat seinem Malte alle Hilfen entzogen, die menschlichen und die göttlichen, hat ihn allein gelassen und ihn allen Untergangsängsten und Selbstzweifeln ausgesetzt. Er ließ ihm nur die ästhetische Reflexion, die Fähigkeit zur künstlerischen Verarbeitung, zum Schreiben, die ihm das »Überstehn« ermöglichen, weil sie das Leid einsehen helfen und erträglich machen als unvermeidliches Menschenlos. Zwischen *Das Christkind* (1893) und den *Aufzeichnungen* hat sich das Anliegen dieser Dichtung nicht geändert, nur die Form seiner Betrachtung. Eine Lösung und einen Ausweg hat Malte nicht gefunden, aber ihm ist nicht die Hoffnung abhanden gekommen. Rilke wird bis zuletzt von dieser Hoffnung und Entschlossenheit dichten, das Leben als eine Herrlichkeit zu erfahren. Es ist diese Entschlossenheit, die der Dichtung Rilkes die Zukunft gesichert hat.

Rilke selbst war die Kunst von Anfang an und bis zuletzt der Mittelpunkt seines Lebens. Seiner dichterischen Arbeit ordnete er alles andere unter, und wann immer er sich zwischenmenschlichen, sozialen oder politischen Anforderungen gegenüber glaubte verteidigen zu müssen, berief er sich auf sein Künstlertum. So schrieb er am 10. November 1921 in einem Brief an seinen zukünftigen Schwiegersohn Carl Sieber:

»Man darf mir vorwerfen, daß meine Kraft und meine Auffassung *beides* zu leisten nicht ausreichte; ich habe solchem Tadel nichts entgegenzusetzen, als den stillen Hinweis auf jene Gebiete, in die ich alle meine Fähigkeiten geworfen habe, um abzuwarten, ob man mich am Ende anklage oder freispreche. ‹. . .› die Entscheidungen meines Lebens sind längst gefallen, – ich kann nur noch *einer* Sache durchaus gehören: meiner Arbeit ‹. . .›.«

Dieses sich in die Jahre vor und nach der Jahrhundertwende und die Ästhetik des Symbolismus einfügende Konzept hat Rilke immer vertreten, als Mensch wie als Dichter, in seinen Briefen, seiner Lyrik, in seinen kunsttheoretischen Schriften, in seiner erzählerischen Prosa, seinen Dramen. Die Künstlerleben, die er beschrieben oder erfunden hat, führen folgerichtig aus allen zwischenmenschlichen Bindungen hinaus in die Einsamkeit. Im günstigsten Falle haben die Künstler verständnisvolle Partnerinnen wie die Maler Hermann (*Ihr Opfer*), Angelo (*Geschichten vom lieben Gott*: *Eine Geschichte, dem Dunkel erzählt*) und Georg (*Das tägliche Leben*) oder auch der Held des Märchens vom Drachentöter, Partnerinnen, die sich opfern oder die zurückstehen für die Freiheit und Unabhängigkeit derer, die sie lieben. Leidvoller ist die Geschichte anderer. Den Dichter Gaudolf (*Eine Tote*) zwingt eine tödliche Krankheit zum Verzicht auf die Geliebte, den Madonnen-Schnitzer Werner (*Alle in Einer*) vereinsamt seine Lähmung, und den flötenspielenden Prokopp (*Kismét*) vertreibt die Gewalt. Unauffälliger vielleicht als die tödliche Krankheit, der Rollstuhl oder die äußere Gewalt sind Unverständnis, mangelnde Aufmerksamkeit und leere Konventionalität, die den Dichter Ewald Tragy in der eigenen Familie zu einem Fremden machen, Karl Gruber in der Militärschule zu Sankt Severin in den Tod stürzen und den Totengräber aus San Rocco vertreiben. Unverständnis, Unaufmerksamkeit und Konvention sind unauffälliger als die Gewalt, der Rollstuhl und die Krankheit, aber sie sind ebenso wirksam, und sie sind das Übliche.

Das Schicksal Ewald Tragys weist voraus auf das des Malte Laurids Brigge. Die Lage Maltes hat sich gegenüber der seines Vorgängers Ewald allenfalls verschärft. Wie Ewald lebt er in der Fremde, aber seine Eltern sind beide tot, das Elternhaus ist verkauft. Ihm bleibt nicht einmal die Möglichkeit, die Rilke dem Verlorenen Sohn in seinen *Aufzeichnungen* lässt, zurückzukehren, um zu verstehen, warum er fortgegangen ist. Seine familiäre Lage wird trostloser noch durch das Elend und die Anonymität der großstädtischen Gegenwart. Und die historischen Gestalten, derer sich Malte erinnert, bestätigen ihm die eigenen Erfahrungen: »Damals erlebte ich, was ich jetzt begreife: jene schwere, massive, verzweifelte Zeit.« Die eigene Kindheit (»damals«) liefert die Voraussetzungen für das Verständnis längst zurückliegender geschichtlicher Ereignisse und die Einsicht in die Leiden, das Sterben und den Untergang der Mächtigen.

Der leidenden Einsamkeit des Künstlers entspricht das negativ gezeichnete Bild der Gesellschaft und der Gesellschaften, im Haus, in der Wohnung, auf der Straße, in den Cafés (dem Prager ›National-Café‹ oder dem Münchner ›Luitpold‹), in den Hotels und Salons. Wo immer in diesem Werk Menschen zusammenleben oder zusammenkommen, da herrschen Zerstreuung, Oberflächlichkeit, Unwahrheit, Gewalt und monotone Konvention. Musterbeispiele für diese Sicht sind die Darstellungen der Familienzusammenkünfte in *Das Familienfest*, im ersten Teil des *Ewald Tragy*, in den Kindheitserinnerungen Maltes. Das soldatische Milieu und besonders das Leben der Zöglinge, wo immer sie beschrieben sind (*Die Turnstunde*) oder auch nur angedeutet (*Pierre Dumont*, *Malte*, *Erinnerung*), sind Paradigmen einer den Einzelnen verstörenden Gesellschaft. Die intensive Auflehnung dieses Dichters gegen gesellschaftliche Rituale, gegen jede Form von Konvention und institutionalisiertes Verhalten zeigt sich analog zu der vehement-offenen Polemik von Texten wie *Das Familienfest*, *Der Apostel* oder *Ewald Tragy* auch in dem (dem eigenen Programm der

Sachlichkeit zuwiderlaufenden) urteilenden und verurteilenden Stil Maltes. Die wertenden und entwertenden Beschreibungen Maltes richten sich insbesondere gegen Institutionen (wie etwa das ›Hôtel Dieu‹) und deren Vertreter (Ärzte, Priester), gegen Bewegungen und Trends, gegen Vereinnahmungen des Einzelnen. Darin ist Malte wiederum seinen Vorgängern im Frühwerk verwandt. Der Apostel wäre zu erwähnen, der den Aufruf der Baronin Vilovsky zur Bildung eines »Komitees« mit einem ›höhnischen Lächeln‹ quittiert (*Der Apostel*), oder der Erzähler in den *Geschichten vom lieben Gott*, der den Lehrer satirisch bloßstellt, der sich rühmt, »Vorstandsmitglied des Armenvereins« zu sein (*Warum der liebe Gott will, daß es arme Leute gibt*), oder der Herr Baum, »der Ehrenmitglied, Gründer, Fahnenvater« des Künstlervereins ist (*Ein Verein, aus einem dringenden Bedürfnis heraus*). Sie alle lässt der Erzähler nur zu Wort kommen mit Sätzen, deren gestanzte Phrasenhaftigkeit die gesichtslose, unpersönliche Identität der Sprecher decouvrieren soll: »Ich habe gerade als Vorstandsmitglied des Armenvereins manches Lobende zu hören bekommen.« Herr »M.« in der Skizze *Ein Charakter* und »Herr Savant« in der Erzählung *Ein Ereignis* führen beide ein genormtes, ganz und gar angepasstes Leben, nur dass der eine als »Charakter« mit seinem den Erwartungen seiner Umwelt entsprechenden Leben zufrieden ist, während der andere unter seinem rollenhaften Lebensweg leidet. Die Erzählungen *Ein Charakter*, *Der Apostel*, *Ein Ereignis* entstanden noch in Prag, *Das Familienfest* bald nach Rilkes Übersiedlung nach München in den fruchtbaren Sommermonaten des Jahres 1897. Diese Texte spiegeln also die Auseinandersetzung mit den eigenen Entscheidungen und der eigenen Lebensplanung, die den Dichter wegführten aus der Familie, aus seiner Vaterstadt, fort von den väterlichen Erwartungen und Hoffnungen, weg von der Juristerei und hin zu einem Leben für die Kunst. In seinen kunsttheoretischen Artikeln (*Über Kunst*), die im Sommer 1898 geschrieben wurden, hat Rilke diesen eigenen Weg zum Modell für den Künstler erhoben:

»Das ist die Zeit der Entscheidung. ‹. . .› Das heißt das Kind wird entweder älter und verständiger im bürgerlichen Sinn, als Keim eines brauchbaren Staatsbürgers, es tritt in den Orden *seiner* Zeit ein und empfängt ihre Weihen, oder es reift einfach ruhig weiter von tiefinnen, aus seinem eigensten Kindsein heraus, und das bedeutet, es wird Mensch im Geiste *aller* Zeiten: Künstler.«

Die Passage offenbart nicht nur den Gegensatz zwischen dem »brauchbaren Staatsbürger« und dem »Künstler«, nicht nur die verständliche Verklärung des eigenen Lebensweges, sie offenbart auch und vor allem, worin inhaltlich die Differenz zwischen beiden besteht und worin die Überlegenheit der Künstlerexistenz. Im Unterschied und Gegensatz zum Bürger, der sich einordnet, von außen bestimmen und begrenzen lässt, bleibt der Künstler sich selbst treu, entwickelt sich aus sich selbst heraus, unabhängig und frei.

Die Sätze lassen kaum ahnen, was dann doch zur Regel wird in der Dichtung Rilkes, dass nämlich die Spannung zwischen Künstler und Bürger niemals als ein ausgewogenes Verhältnis erscheint, als ein Ganzes, wenn auch nur annähernd gleichwertiger Glieder. Von gegenseitiger Achtung oder von Verständnis für die Lebensform des jeweils anderen kann keine Rede sein. Der Bürger verachtet den Künstler, hasst und verfolgt ihn. Umgekehrt ist der Künstler von einer »bösen Unduldsamkeit« gegenüber dem Bürger erfüllt. Das Bild des einen verkommt zur Karikatur, das des anderen verengt sich zu dem des geduldig leidenden Opfers. Die Außenseiter, die Kranken, die Armen, die Erfolglosen und Schwachen – alle, die außerhalb der bürgerlichen Normen leben und deren Erwartungen nicht genügen, wie der blinde Zeitungsverkäufer am Jardin du Luxembourg oder der ohnmächtige und verwirrte König Karl der Sechste –, sie alle werden zu Idealgestalten verklärt. Von den »Armen« des *Stunden-Buchs* bis zu den »Fahrenden« der *Fünften Duineser Elegie*, von dem »Fremden« in der Erzählung *Der Totengräber* bis zu den *Aufzeichnungen* werden die gerühmt, die gescheitert sind, oder die, wie die Künstler, der Gesellschaft die Gefolgschaft verweigern. Zu diesen gehören auch die Kinder etwa der *Geschichten vom lieben Gott*. Das Kind steht noch außerhalb der Welt der Erwachsenen, kennt noch nicht die Regeln, nach welcher diese funktioniert, und weiß nichts von den begrifflichen Einteilungen und Gewaltsamkeiten. Das Kind hat einen noch unverstellten Blick in die Welt und ist noch »offen« für die nicht programmierte und nicht gelenkte Wahrnehmung.

So richtig es ist, wenn immer behauptet wird, dass das Menschenbild Rilkes bestimmt ist von seiner Vorstellung vom Dichter, so richtig ist es, dass ihm die Not des Künstlers im Kern und Wesen identisch war mit der Not des Menschen überhaupt. Der Künstler, der auf die Maske und den Schein verzichtet, ›auf Rang, Amt und

Würden‹, wird zum Menschen, der die Wirklichkeit kennenlernt jenseits aller gesellschaftlichen Deutungen und Arrangements.

Rilkes kritische Distanz zum »brauchbaren Staatsbürger« ließe sich leicht zeigen an seiner polemisch-satirischen Darstellung von Vertretern traditionsreicher Berufsgruppen. Der Verdacht gegen den berufsspezifischen Determinismus ist so tief verwurzelt, dass es geradezu ein Gütezeichen ist, »ohne Rang, ohne Amt, ohne irgend eine zeitliche Würde, fast ohne Namen« zu sein wie der ›fremde Mann‹ in der gleichnamigen Erzählung in den *Geschichten vom lieben Gott*. Neben den Ärzten (des Hôtel Dieu, der Salpêtrière, bei Mamans Tod, dem Tode des Jägermeisters) sind es vor allem die Vertreter der redenden Zünfte wie etwa der »Prediger Dr. Jespersen« oder der ›zähe, redige Anwalt‹ in den *Aufzeichnungen*, deren oberflächliche, unaufmerksame, nur routinemäßig begründete und in der Routine den einzelnen und besonderen Fall verfehlende Handlungen und Äußerungen bloßgestellt werden. Dem Prediger und dem Anwalt der *Aufzeichnungen* lassen sich andere an die Seite stellen: der über Kunst schwadronierende Wilhelm von Kranz aus dem *Ewald Tragy* oder der unter die Propheten gegangene Saul der *Neuen Gedichte* (*Saul unter den Propheten*). Rilkes Einwände gegen die bestellten oder selbsternannten Wortproduzenten in seinem dichterischen Werk sind dieselben, die er etwa in seinem ‹*Offenen Brief an Maximilian Harden*› gegen den Staatsanwalt und die Verteidiger des Prozesses gegen Joseph Ott erhebt, oder in seiner Rezension der Cranachmonographie gegen deren Verfasser, den Kunsthistoriker Richard

Muther, oder auch in seiner Beurteilung der Novellen von Alfred Semerau (Briefe an Axel Juncker) gegen »diese Schriftsteller«, die »sich mit den vorhandenen, gutgeprägten Ausdrücken behelfen können« und die mit den »üblichen« Beiwörtern auskommen.

Die Sensibilität des Kritikers gegenüber der sorglosen Reproduktion vorgeprägter Sprachschablonen, gegenüber Schlagwörtern und Gemeinplätzen verpflichtete den Künstler Rilke mehr und mehr zur äußersten Aufmerksamkeit und Konzentration im Umgang mit dem eigenen Medium. Rilke hat es immer wieder betont, dass das Schreiben ein »schweres Handwerk« sei und dass des »Dichters Aufgabe« darin bestehe, »*sein* Wort von den Worten des bloßen Umgangs und der Verständigung gründlich, wesentlich zu unterscheiden«. Weiter heißt es in dem Brief an Gräfin Sizzo vom 17. März 1922: »Kein Wort im Gedicht (ich meine hier jedes ›und‹ oder ›der‹, ›die‹, ›das‹) ist identisch mit dem gleichlautenden Gebrauchs- und Konversations-Worte; die reinere Gesetzmäßigkeit, das große Verhältnis, die Konstellation, die es im Vers oder in künstlerischer Prosa einnimmt, verändert es bis in den Kern seiner Natur.«

Das Medium des Dichters, die Sprache, ist demnach von denselben Gefahren bedroht wie die, die sie sprechen: sie kann »leicht und nachlässig« gehandhabt werden, eingeebnet werden im Klischee, im Schlagwort, in der Routine, »im schleuderhaften eiligen Gebrauch«, oder sie kann im Wort des Dichters verantworteter Ausdruck und Spiegel wirklicher Erfahrung und erfahrener Wirklichkeit werden.

Mit seinen Zweifeln und Ängsten und mit seiner Nachdenklichkeit hinsichtlich der Grenzen und Möglichkeiten der Sprache stand Rilke um die Jahrhundertwende keineswegs allein. Es genügt der Hinweis auf das geläufige Beispiel: Hugo von Hofmannsthals fiktiven Brief des Lord Chandos an Francis Bacon (*Ein Brief*, 1902). Der Lord beklagt, dass ihm »völlig die Fähigkeit abhanden gekommen« sei, »über irgend etwas zusammenhängend zu denken oder zu sprechen«. Es war ihm »unmöglich« geworden, »jene Worte in den Mund zu nehmen, deren sich doch alle Menschen ohne Bedenken geläufig zu bedienen pflegen«.

Das, was man gemeinhin die »Sprachkrise« nennt, hat die Dichter keineswegs davon abgehalten, zu dichten, weder Hofmannsthal, dessen ›Chandos-Brief‹ selbst ein Stück gelungene Prosa ist, noch Rilke. Aber die einmal geweckte Skepsis hat zu Enthaltsamkeiten geführt, zu Verweigerungen und auch zu neuen Formen des »Erzählens«. Den traditionsreichen Begriff muss man, sofern dabei an Rilkes bedeutendstes Prosabuch gedacht ist, sinnvollerweise in Anführungszeichen setzen. Nicht nur, weil Malte Laurids diese Form der Fiktion selbst in Zweifel zieht und behauptet, dass es nicht mehr möglich sei, zu erzählen, sondern weil sein Dichter selbst die tradierten und vertrauten Kategorien des Erzählens aufgegeben hat: den Erzähler, die chronologisch geordnete Handlung. Die Chronologie der Ereignisse ist wie die des eigenen Lebens für Malte Laurids Brigge und für Rilke nicht mehr als Zusammenhang durchschaubar, und ihre Beachtung beim Erzählen ist ihm eine Übereinkunft und eine überlieferte Konvention, die zu Unrecht und zum Schein die Ratlosigkeit in einer nur vorgespiegelten Ordnung verstellt, unauffindbar macht. Gelassen hat der Dichter seinem Malte allein die unglaubliche Energie für die Suche nach dem verlorenen Zusammenhang.

Die Entwicklung der Rilkeschen Prosa insgesamt und die Entstehungsgeschichte der *Aufzeichnungen des Malte Laurids Brigge* im Besonderen belegen, dass Rilke den Stil seiner Prosa erst allmählich ausbildete. Die Form der *Aufzeichnungen* ist schließlich der adäquate Ausdruck einer nachdenklich wahrgenommenen Krise. Maltes argumentative Arbeit und Auseinandersetzung mit der großstädtischen Gegenwart, mit seiner Vergangenheit und Familiengeschichte, dem historischen und mythischen Erbe der Menschheit, beheben nicht seine Ängste und Ratlosigkeiten, aber sie führen auch nicht in die Hoffnungslosigkeit. Die Dichtungen Rilkes, vor allem seine reifsten Werke, die *Duineser Elegien*, aber auch seine spätere Prosa, etwa *Der Brief des jungen Arbeiters*, bezeugen stets dieselbe ›Arbeit am Mythos‹, die nur auf sich nimmt, wer nicht ohne Hoffnung ist.

Die hier vorgelegten vier Erzählungen entstanden alle nach Rilkes Weggang aus Prag (September 1896) und vor seiner Übersiedlung nach Paris (August 1902), sie entstanden in Berlin und in Westerwede kurz vor und kurz nach der Jahrhundertwende. Das älteste Stück ist *Ewald Tragy* (zweite Jahreshälfte 1898), das jüngste *Der Drachentöter* (1901). *Die Turnstunde* und *Der Totengräber* entstanden schon im November 1899, wurden aber – wie auch *Der Drachentöter* – für den Druck (1902 und 1903) mehr oder weniger stark überarbeitet, so dass die hier wiedergegebenen endgültigen Fassungen stilistisch schon die Zeit nach 1900 spiegeln.

Alle vier Erzählungen sind nicht in gleicher Weise bekannt, und ihre Bedeutung wird unterschiedlich gewertet, aber sie sind alle aufschlussreiche und in die Zukunft weisende Erzeugnisse der poetischen Phantasie Rilkes und seiner Ethik. So verbindet die Erzählung *Der Totengräber* bereits die großen Themen der Rilkeschen Dichtung: den Tod, die Liebe und die Arbeit. Die unaufhebbare Distanz zwischen den Menschen, auch und besonders zwischen den Liebenden, gehört zu den bleibenden Ideen dieses Werkes. Was der aus der Fremde gekommene Totengräber dem Mädchen Gita gegenüber behauptet, dass »die, welche einander lieb haben, ‹. . .› oft am weitesten« voneinander sind (S. 89), das ließe sich ohne Schwierigkeiten in Beziehung setzen zu einem Satz aus dem *Requiem für eine Freundin* von 1908 (»lieben heißt allein sein«) oder der elegischen Preisung der ›besitzlosen Liebe‹ von 1912 (*Die Erste Elegie*): »daß wir liebend // uns vom Geliebten befrein«.

Eng verbunden mit dieser Sicht und Darstellung der Liebe ist die bereits in dieser frühen Erzählung deutlich geforderte und gefeierte Einstellung zum Tod. Dass man dem Tod gegenüber gelassen sein sollte, ist ein Gedanke, den Rilke immer vertreten hat. » ‹. . .› ich habe mit vielen Menschen gesprochen ‹. . .›. Aber es war keiner unter ihnen, der nicht sterben wollte.« (S. 87) Was der Totengräber dem Mädchen Gita als seine Erfahrung berichtet, das ist bis zuletzt der ›moralische Sinn‹ der Dichtung Rilkes. Die vielen Tode und die vielen Sterbestunden des 1900 noch ausstehenden Werkes werden das Einverständnis des Menschen mit seiner Vergänglichkeit besingen: »Aber dies: den Tod // den ganzen Tod, noch vor dem Leben so sanft zu enthalten und nicht bös zu sein, ist unbeschreiblich.« (*Die Vierte Elegie*) Die Einsamkeit des Einzelnen nimmt dem Tod den Schrecken, weil Trennung und Einsamkeit Formen seiner Gegenwärtigkeit sind: »Denn bleiben ist nirgends.« (*Die Erste Elegie*)

Der Totengräber scheitert, er ist ein »Besiegter« und Zufrühgekommener, aber seine Einsamkeit ist dieselbe wie die des siegreichen Drachentöters. Beide verlassen die Gemeinschaft der Menschen, der eine »geht aus seinem Garten«, der andere ›vergißt‹ den »greisen König« und die »alten Paladine seines Reiches«, die vergeblich warten werden »im hohen Thronsaal«, überhört die jubelnden Menschen und die Glocken, die ›sich fast überschlugen in den Türmen‹. Strahlender Sieg oder Niederlage, die Bedingungen sind zufällig gegenüber der unaufhebbaren Einsamkeit der beiden Helden. Der Verlauf der »äußeren Handlung« verrät wenig über das »tiefere Leben« (*Der Wert des Monologes*). Beide Geschichten, die des Siegers und die des Besiegten, enden im menschenleeren Raum, in der »Nacht« oder unter einem »Himmel voll Lerchen«. Die entgegen der tradierten Geschichte ausbleibende Vermählung des Helden mit der Königstochter »von großer Jugend, Sehnsucht und Schönheit« bestätigt – gerade im Kontrast zum Aufwand des wartenden Hofes, der prachtvoll zugerüsteten Braut und dem Glanz der Mächtigen – die Einsicht des Totengräbers, dass die »Menschen ‹. . .› so furchtbar weit voneinander« sind. Ob die Vergesslichkeit des Drachentöters einen Verzicht verschleiert oder gar eine (den Hof kränkende) Weigerung, oder ob es sich bei der Vergesslichkeit nur um eine Vergesslichkeit handelt – die Abweichung von dem im russischen Märchen (*Ilja von Murom und der Drache*) vorgegebenen Handlungsmuster ist auf jeden Fall eine für immer gültig bleibende Entscheidung des Dichters Rainer Maria Rilke.

Ewald Tragy und *Die Turnstunde* sind stets als zwei stark autobiographische Texte verstanden worden. *Ewald Tragy* ist ein besonders deutliches Zeugnis der dichterischen Verarbeitung der eigenen Lebensgeschichte. Ernst Zinn vermutete, dass Rilke die Erzählung deshalb nicht veröffentlicht habe, weil er »die autobiographischen Züge als zu unverhüllt« empfand. In dieser Sicht spiegelt die Erzählung die Zeit kurz vor und die ersten Monate nach Rilkes Übersiedlung von Prag nach München, also die Monate zwischen Ende September 1896 und Anfang Mai 1897. Die erste Begegnung mit Lou Andreas-Salomé (12. Mai 1897) ist noch kaum erkennbar, möglicherweise aber Rilkes erster Brief an sie vom 13. Mai 1897. Der »Schrei nach Mütterlichkeit« formuliert eine Erwartung, die die Defizite der Vergangenheit und die Hoffnungen für die Zukunft spiegelt.

Der erste Teil ist (wie die ein Jahr zuvor entstandene Erzählung *Das Familienfest*) eine scharfe Satire gegen die eigene Familie, den Vater und dessen Verwandtschaft. In dem »Herrn Inspektor«, dem man den »alten Offizier« anmerkt, ist Rilkes Vater Josef karikiert, »Karoline von Walbach« ist nach Rilkes Kusine Irene (Tochter des Onkels Jaroslav von Rilke) gezeichnet, während Rilkes Tante Gabriele (Schwester des Vaters) in der »Majorin Eleonore Richter« dargestellt ist. Der »kleine Egon« hat seinen Namen von dem früh verstorbenen Sohn (1873-1880) Jaroslavs von Rilke, während er ansonsten eher Oswald von Kutschera-Woborsky (1887-1922), dem Sohn der Kusine Irene, nachgebildet ist.

Die polemische Distanzierung von der Familie ist erweitert durch die Kritik an der sie prägenden und tragenden Gesellschaft, der man »am Graben« begegnet. Ewalds Auflehnung gegen seine mitmenschliche Umwelt, ihre konventionelle Erstarrung, Angepasstheit und Selbstzufriedenheit ist zugleich der Kampf um die eigene Freiheit und Wahrhaftigkeit. Als deren Medium gilt Ewald Tragy seine künstlerische Berufung. Die in seinem Künstlertum entworfene und erstrebte Autonomie und Identität wird in der Welt des Vaters abgelehnt und verdächtigt und von der Mutter missbraucht zur eigenen Erbauung: »Mein Sohn ist ein Dichter –«.

Im zweiten Teil, in dem Ewald die äußere Trennung von der Familie gelungen ist, zeigt sich, dass die mit dem künstlerisch bestimmten Selbstentwurf gemeinte Unabhängigkeit und Freiheit auch in der neuen Umgebung gefährdet ist. Diese Erkenntnis führt zu einer gesundheitlichen Krise. Sie enthüllt, dass die fehlende Stabilität des eigenen Selbst und die »böse Unduldsamkeit« (*Malte Laurids Brigge*) gegenüber anderen die Folge entbehrter (mütterlicher) Liebe sind, einer Liebe, die wahrnimmt und gelten lässt. Darin ist Ewald ein Bruder Maltes und der anderen Söhne im Werk Rilkes.

Indem Ewald seinen Brief an die Mutter verbrennt, tut er das, was auch der Drachentöter und der Totengräber tun: er entscheidet sich für die Einsamkeit.

Die Turnstunde verarbeitet Erlebnisse der Jahre 1886

bis 1891, die Rilke in der Militär-Unterrealschule St. Pölten bzw. der Militär-Oberrealschule in Mährisch-Weißkirchen verbrachte. Dabei scheint der Tod eines Mitschülers die Erfahrung des eigenen Versagens zu spiegeln. Rilke hat sein ganzes Leben hindurch die Militärschulzeit als eine schlimme Heimsuchung für Körper und Geist dargestellt, so etwa noch in dem Brief vom 9. Dezember 1920 an seinen ehemaligen Lehrer, den Generalmajor von Sedlakowitz. Der Kontrast zwischen der romantisch-heroischen Verherrlichung des Soldatentodes in dem etwa gleichzeitig entstehenden *Cornet* und dem unheldischen Untergang des Carl Gruber in *Die Turnstunde* verweist auf eine Ambivalenz, die die Aufzeichnung, die im Tagebuch der Erzählung vorangeht, thematisiert: »Ich fürchte in mir nur diejenigen Widersprüche, die Neigung haben zur Versöhnlichkeit.«

Zwischen dem Versagen des Carl Gruber und dem Sieg des Drachentöters gibt es einen solchen Widerspruch nicht. Sie spiegeln jeder für sich Rilkes unversöhnlichen Widerspruch gegen die Vereinnahmung des Einzelnen durch die Gesellschaft in jeder Form, sei es die der Gewalt oder die der Verführung. Zu Beginn des Massenzeitalters war das eine vielleicht unzeitgemäße Utopie. Aber der Widerstand des Drachentöters gegenüber dem ihm bereiteten festlichen Empfang ist noch immer gewinnend. Und man versteht, dass seine Enthaltsamkeit ihn vereinsamen muss und seiner Umwelt entfremden. Seine Zurückhaltung gegenüber der Einladung des Hofes ist wie die Auflehnung des Verlorenen Sohnes in den *Aufzeichnungen des Malte Laurids Brigge* gegen die »Suggestion ihrer Liebe« eine Bestätigung des (Emerson-)

Mottos, das Rilke seinem Rodin-Buch von 1902 vorangestellt hatte: »The hero is he who is immovably centred« – Der ist ein Held, der unerschütterlich in sich selbst ruht.

August Stahl

Zeittafel

E = Entstehung, V = Veröffentlichung, UA = Uraufführung, Ü = Übertragung

1875 4.12.: René Josef Maria Rilke als Sohn des Eisenbahninspektors Josef und seiner Frau Sophie (Phia) Rilke (geb. Entz) in Prag geboren.

1882-1886 Deutsche Volksschule in Prag.

1884 24.5.: Rilkes erstes Gedicht. Trennung der Eltern; Erziehung durch die Mutter.

1886 1.9.: Eintritt in die Militärunterrealschule St. Pölten.

1890 Wechsel zur Militäroberrealschule in Mährisch-Weißkirchen.

1891 3.6.: Militärschule ohne Abschluß verlassen, Rückkehr nach Prag. 10.9.: »Die Schleppe«, erstes veröffentlichtes Gedicht. September (bis Mai 1893) Handelsakademie Linz.

1893 Valerie (Vally) von David-Rhonfeld. V: *Feder und Schwert.*

1894 V: *Leben und Lieder.*

1895 9.7.: Abitur in Prag. Beginn des Studiums an der Deutschen Carl-Ferdinands-Universität in Prag. E: *Im Frühfrost.* V: *Larenopfer.*

1896 V: erstes *Wegwarten*-Heft (Lieder, dem Volke geschenkt). UA: *Jetzt und in der Stunde unseres Absterbens.* Ab September Fortsetzung des Studiums in München. V: *Traumgekrönt.*

1897 28.-31.3.: 1. Venedigaufenthalt. 12.5.: Begegnung mit Lou Andreas-Salomé; Namensänderung: Rainer. UA: *Im Frühfrost.* 1.10.: Übersiedlung nach Berlin. E: *Ohne Gegenwart.* V: *Advent.*

1898 Prag, Arco, Florenz, Viareggio (*Florenzer Tagebuch*). E: *Dir zur Feier.* Ab 1.8. in Berlin-Schmargendorf (*Schmargendorfer Tagebuch*). 29.9.: »Die Braut«, erstes Gedicht für das *Buch der Bilder.* E: *Ewald Tragy.* 25.12.: 1. Besuch in Worpswede. Jahresende: E: *Die Weiße Fürstin* (Erstfassung). V: *Am Leben hin.*

1899 Reisen nach Arco, Wien und Prag. Berlin; Fortsetzung des Studiums. V: *Zwei Prager Geschichten.* 25.4.-18.6.: 1. Rußlandreise, mit Lou Andreas-Salomé und ihrem Mann. E: erster Teil *Stunden-Buch*: »Die Gebete«; *Cornet*. V: *Mir zur Feier*.

1900 Übersetzung von Tschechows *Möwe*. 9.5.-22.8.: 2. Rußlandreise mit Lou Andreas-Salomé. V: *Die Weiße Fürstin*. 27.8.-5.10.: Gast bei Heinrich Vogeler in Worpswede; Begegnung mit Paula Becker und Clara Westhoff (Beginn *Worpsweder Tagebuch*). Ab Oktober Berlin-Schmargendorf. V: *Vom lieben Gott und Anderes*.

1901 26.2.: Abschiedsbrief von Lou Andreas-Salomé (›Letzter Zuruf‹). 28.4.: Heirat mit der Bildhauerin Clara Westhoff; Wohnsitz Westerwede. E: zweiter Teil *Stunden-Buch*. V: *Die Letzten*. 12.12.: Geburt der Tochter Ruth. UA: *Das tägliche Leben*.

1902 V: *Buch der Bilder*. E: *Worpswede*. Ab 28.8. in Paris (bis Ende Juni 1903). E: *Auguste Rodin* (V: März 1903).

1903 April in Viareggio; E: dritter Teil *Stunden-Buch*. Paris. Wiederaufnahme des Briefwechsels mit Lou Andreas-Salomé. 10.9. (bis Juni 1904) in Rom. V: *Worpswede*; *Auguste Rodin*.

1904 Beginn der Arbeit am *Malte*. Ende Juni (bis 9.12.) Schweden. V: Zweitfassung *Cornet*. E: Zweitfassung *Die Weiße Fürstin*. Winter mit der Familie in Oberneuland bei Bremen. V: *Geschichten vom lieben Gott*.

1905 Ab September Paris (bis 29.7.1906); Privatsekretär von Rodin in Meudon. 21.10.-2.11.: 1. Vortragsreise; u.a. Dresden und Prag. V: *Das Stunden-Buch*. Winter 1905/06: Beginn der kontinuierlichen Arbeit an den *Neuen Gedichten*.

1906 25. 2.-31.3.: 2. Vortragsreise; Elberfeld, Berlin, Hamburg, Bremen. 14.3.: Tod des Vaters. 10.5.: Rodin kündigt Rilke. Juli/August: Reise nach Flandern. V: *Cornet* (3. Fassung); *Buch der Bilder* (zweite, erweiterte Ausgabe). 4.12.-20.5.1907 Capri; E: Capreser Lyrik.

1907 Ab 31.5. Paris; E: 1. Teil der *Neuen Gedichte* (V: Dezember). 6.-22.10.: Venedig. Gedächtnis-Ausstellung für Paul Cézanne im Pariser Salon d'Automne; fünfzehn Briefe über Cézanne an Clara Rilke. 30.10.-18.11.: 3. Vortragsreise; Prag, Breslau, Wien. November: Aussöhnung zwischen Rodin und Rilke.

1908 Dezember 1907-18.2.: Oberneuland; danach Berlin, München, Rom, Neapel. 29. 2.-18.4.: Capri. Anfang Mai (bis Mai 1903)

Paris; E: *Der Neuen Gedichte anderer Teil* (V: November); *Requiem*-Gedichte; Arbeit am *Malte*.

1909 V: *Die frühen Gedichte* (Zweitfassung *Mir zur Feier* und *Die Weiße Fürstin*). Mai und September/Oktober: Reisen in die Provence. 10.12.: Beginn der Freundschaft mit Marie Taxis.

1910 12.1.-31.1.: Leipzig; Diktat der *Aufzeichnungen des Malte Laurids Brigge* (V: 31. 5.). Weimar, Berlin, Rom, Schloß Duino bei Triest. 12.5. wieder in Paris. August/September in Böhmen; Lautschin und Janowitz. 19.11.: Aufbruch zur Nordafrikareise.

1911 6.1.-29.3: Ägypten-Reise. Rückkehr nach Paris. Ü: Maurice de Guérin: *Der Kentauer* (V: Juli), *Sonette* der Louize Labé, anonyme französische Predigt *De l'amour de Madeleine* (V: 1912); zwölf Kapitel der *Confessiones* des Augustinus. 19.7.-25.9.: Reise nach Lautschin. 22.10. (bis 9.5.1912): Duino bei Triest.

1912 Ü: Giacomo Leopardis »L'infinito«; E: *Das Marien-Leben* (V: 1913); erste *Duineser Elegien*. 9.5.-11.9.: Venedig; Eleonora Duse. Juli: *Cornet* als Band 1 der Insel-Bücherei erschienen. 11.9.-9.10.: Duino. München. 1.11. (bis 24. 2.): Spanienreise.

1913 Ronda; E: erste »Gedichte an die Nacht«, *Erlebnis I* u. *II* (V: *I* 1918). Paris; E: Narziß-Gedichte; Ü: weitere *Sonette* Louize Labés (V: 1917); Michelangelo: *Sonette* (sporadisch bis 1923). 6.6.-17.10.: Reisen in Deutschland. 7./8.9. in München Begegnung mit Sigmund Freud. 18.10.: Paris; Arbeit an den *Elegien*; E: »Fünf Sonette«; Ü: André Gide: *Der verlorene Sohn* (V: 1914).

1914 Lektüre Marcel Proust: *Du côté de chez Swann*. Magda von Hattingberg (›Benvenuta‹). E/V: *Puppen. Zu den Wachspuppen von Lotte Pritzel*. Lektüre Lou Andreas-Salomé: *Drei Briefe an einen Knaben*. 19.7.: Abreise von Paris nach Deutschland; Kriegsausbruch; München (bis 11.6.1919). E: »Fünf Gesänge« (erschienen im November). Lulu Albert-Lasard. E: »An Hölderlin«. Kafka-Lektüre. Dezember (bis 7.1.1915) Berlin.

1915 München; 14.6.-11.10.: in Hertha Koenigs Münchner Wohnung; E: u. a. »Der Tod Moses«, »Sieben Gedichte«, »Der Tod«, »Requiem auf den Tod eines Knaben«, »Siehe: (Denn kein Baum soll dich zerstreun)«, »Die vierte Elegie«. Verlust der Pariser Habe. 24.11.: Musterung. Abbruch der dichterischen Produktion. Ab 12.12. in Wien.

1916 4.1.: Einrücken zur Grundausbildung; ab 27.1. Dienst beim Kriegsarchiv, Wien. 9.6.: Entlassung; Juli Rückkehr nach München. Zusammenstellung der 22 »Gedichte an die Nacht« für Rudolf Kassner.

1917 Fortsetzung Michelangelo-Übertragungen; Lesegutachten. 18.7.-9.12.: letzte Reise in Deutschland, u.a. in Berlin. Ab 10.12. wieder in München.

1918 Herbst: Rilke bereitet sich auf Kippenbergs Anraten auf eine Reise in die Schweiz vor, er schickt ihm, für den Fall, daß die Vollendung ihm versagt bleibt, eine Abschrift des Elegien-Bestandes, ein gleichlautendes Manuskript an Lou Andreas-Salomé. Novemberrevolution in München. Begegnung mit Claire Studer, spätere Frau Ivan Golls.

1919 Lektüre von Oswald Spenglers *Untergang des Abendlandes*; von Hans Blühers *Die Rolle der Erotik in der männlichen Gesellschaft*. Ü: weitere Sonette Michelangelos, Gedichte Mallarmés. 26.3.-2.6.: Besuch Lou Andreas-Salomés in München. Niederschlagung der Revolution; Durchsuchung von Rilkes Wohnung, wegen Kontakts u.a. mit Kurt Eisner und Ernst Toller. 11.6.: Abreise in die Schweiz; u.a. Nyon, Genf, Bern, Zürich. Baladine Klossowska (›Merline‹). Soglio (29.7.-21.9.), Locarno (7.12.-Ende Februar 1920). 25.10.-30.11.: Lesereise (Zürich, St. Gallen, Luzern, Basel, Bern und Winterthur).

1920 3.3.-17.5.: Schönenberg bei Pratteln; Ü: Michelangelo. 11.6.-13.7.: Venedig. Schönenberg. Lektüre Dostojewski-Biographie. 9.10.: erster Besuch in Sierre. 23.-30.10.: Paris. Ab 12.11. (bis 10.5.1921) Berg am Irchel; E: erster Teil *Aus dem Nachlaß des Grafen C. W.*; *Préface à Mitsou* für die Bildergeschichte von Baltusz Klossowski (V: 1921).

1921 E: zweiter Teil *Aus dem Nachlaß des Grafen C. W.*; erste Valéry-Übertragung (*Le Cimetière marin*). E: *Das Testament*; Protokoll und Bilanz des erneuten Scheiterns in der Arbeit. Ab 26.7. Wohnsitz Schloßturm Muzot oberhalb Sierre. 17.10.: mit dem Abtragen von Briefschulden Vorbereitung auf eine neue Arbeitsphase. Dezember: erste Überlegungen für eine Gesamtausgabe von Rilkes Werken.

1922 1.1.: Gertrud Ouckama Knoops Bericht über Krankheit und

Tod ihrer Tochter Wera. 11.-26.1.: Abschrift von Valérys Dialog *L'Âme et la Danse*. 2.-5.2.: Niederschrift 1. Teil der *Sonette an Orpheus*; 7.-14.2.: Abschluß der *Duineser Elegien*. E: *Der Brief des jungen Arbeiters*; 15.-23.2.: 2. Teil der *Sonette an Orpheus*. März: Garten in Muzot mit Rosen angelegt. 20.3.-11.4.: Ü: Valéry, *Ébauche d'un Serpent* (Entwurf einer Schlange). Juli: Absprache der Werke in sechs Bänden. Arbeitswinter 1922/23, Ü: Gedichte Valérys (V: 1925).

1923 Erscheinen der *Duineser Elegien*. Juni/Juli: Bad Ragaz; August Sanatorium Schöneck am Vierwaldstätter See. 6. und 8.11.: »Zueignung an M‹erline› (Schaukel des Herzens)«, geschrieben »als Arbeits-Anfang eines neuen Winters auf Muzot«. E: »Sieben Entwürfe aus dem Wallis oder Das kleine Weinjahr«. Ende Dezember bis 20.1. 1924: Klinikaufenthalt in Val-Mont, oberhalb Montreux.

1924 E: »Der Magier« und Gedichte im Stil ›berechenbarer Magie‹ (u.a. »Die Frucht«, »Eros«, »Vergänglichkeit«); zum »Magier« und »Füllhorn« französische Pendants; reiche Produktion französischsprachiger Lyrik, *Vergers*. 6.4.: Paul Valéry auf Muzot. E: *Briefwechsel in Gedichten mit Erika Mitterer* (bis August 1926). Juni/Juli: Bad Ragaz; E: »Im Kirchhof zu Ragaz Niedergeschriebenes«; ab 2.8. Muzot: *Les Quatrains Valaisans* (bis Anfang September). 24.11.: erneuter Klinikaufenthalt in Val-Mont (bis 7.1.1925).

1925 7.1.-18.8.: letzter Paris-Aufenthalt. Gedichte in französischer Sprache; *Vergers* abgeschlossen (V: mit den *Quatrains Valaisans*, 1926). Mitte Oktober Rückkehr nach Muzot. 27.10.: Niederschrift des Testaments; »Rose, oh reiner Widerspruch« als Epitaph bestimmt. Dezember bis Juni 1926: Klinik Val-Mont.

1926 3.5.-6.9.: Briefwechsel mit Marina Zwetajewa; 8.6.: die ihr gewidmete Elegie. Juli/August: Bad Ragaz. Ab 21.9. Muzot: Ü: Valérys *Eupalinos*. 30.11.: wieder Val-Mont; Diagnose: Leukämie. Mitte Dezember: »Komm du, du letzter, den ich anerkenne, heilloser Schmerz«. Tod am 29. Dezember.

1927 Beisetzung am 2. Januar an der Bergkirche von Raron. Es erscheinen: *Les Roses*; Paul Valéry, *Eupalinos oder Über die Architektur*; *Les Fenêtres*; Gesammelte Werke in sechs Bänden.

Inhalt

ISBN 3-458-34392-X
9 783458 343929
DM 16.00
ab 01.01.2002
€ 8.00